無職轉生 ①

到了異世界就拿出真本事

理不尽な孫の手
Rifujin na Magonote
插畫：シロタカ

Kadokawa Fantastic Novels

無職轉生～到了異世界就拿出真本事～①

CONTENTS

「眼前是懸崖。要往前踏出一步狠狠摔向地面，
或者想裹足不前繼續承受辱罵，都是你的自由。」

——I do not want to work,whatever it may be said by whom.

著：魯迪烏斯・格雷拉特
譯：金恩・RF・馬格特

第一章 幼年期

序章

本人現年三十四歲，居所不定也沒有職業。
是個體型略胖，其貌不揚，正在對人生感到後悔的好人。
在短短三小時前，我還沒有居無定所，只是個足不出戶的資深尼特族。
然而當我回過神時，才發現父母已經過世。
一直窩在家裡的我別說喪禮，甚至連親族會議都沒有參加。
結果，我就被乾脆地趕出了家門。

像我這種把敲牆咚和敲地板咚運用自如，在家擺出旁若無人態度的傢伙，沒有人會站在我這邊。

葬禮當天，我正在房間裡邊下腰邊自〇時，兄弟姊妹突然闖了進來，把通告斷絕親屬關係的文件甩到我面前。

當作沒看到後，比生命更重要的電腦就被弟弟用木製球棒砸爛。
雖然陷入半瘋狂狀態的我試著想抵抗，但哥哥擁有空手道的段位資格，被痛扁的人反而是我。

我不顧形象地痛哭懇求他們不要把事情鬧大，卻兩手空空地被趕出家門，全身上下只剩目前這身衣服。

按著隱隱作痛的側腹（肋骨大概斷了），我垂頭喪氣地走在街上。

兄弟們在我離開家門時的痛罵怒吼還在耳邊迴響。

那是些不堪入耳的粗話。

我的內心已經徹底粉碎。

我到底做了什麼？

只是蹺掉父母的喪禮，拿沒打碼的蘿莉圖片打〇槍而已啊……

接下來該怎麼辦？

不，我其實很清楚。

要弄個打工或正職，找個地方住，然後買東西吃。

可是要怎麼做？

我不知道該如何找工作。

不，其實我大概知道只要去就業服務處就可以了。

但是，十年以上的家裡蹲生活可不是蓋的，我怎麼可能知道就業服務處在哪裡？而且我還聽說過即使前往就業服務處，那裡也只會幫忙介紹工作機會。

所以得自己拿著履歷前往服務處介紹的地方，然後參加面試。要我穿著這身到處都是汙漬，還沾著鮮血與汗水的骯髒運動服去面試？

怎麼可能會被錄取。要是我，絕對不會僱用外表這麼瘋狂的傢伙。或許會產生共鳴，但絕對不會僱用對方。

而且基本上，我連履歷表要去哪裡買都不知道。

文具店嗎？還是便利商店？

或許用走的就可以找到便利商店，但我身上沒錢。

就算，假設這些都能解決。

倘若我運氣很好從金融機構或哪裡成功借到錢，換一套新衣服，也買到履歷表和文具。

但我聽說過，要是沒有地址就無法完成履歷。

死路。來到這一步，我自覺到自己的人生已經徹底走投無路。

「……唉。」

下雨了。

夏季已經結束，現在是開始會感到寒冷的時期。冰冷的雨水輕易浸透這身穿了好幾年的運動服，毫不留情地奪走我的體溫。

「……要是能從頭來過……」

這句話不禁脫口而出。

我也不是打從一出生就是個人渣。

當年，我以三男的身分出生於一個還算富裕的家庭。有兩個哥哥一個姊姊和一個弟弟，是五兄弟裡的老四。小學時期，是在「小小年紀卻如此聰明」的稱讚聲中成長。雖然對念書並不在行，不過是個很會玩遊戲也擅長運動，容易得意忘形的傢伙。同時還是班上的中心人物。

國中時代進入電腦社，參考雜誌後，存下零用錢自己組了台電腦。對電腦一竅不通的家人也因此特別佩服我。

人生走偏路的時間是高中……不，是從國中三年級開始。由於我太沉迷於電腦，所以疏忽了課業。現在回想起來，或許這就是最初的轉捩點。

我那時認定，學校課業在將來並非必要也派不上用場。

結果，下場是只能就讀在傳聞中是本縣最爛的超級笨蛋高中。

即使如此，我依舊覺得自己很行。

認為只要肯做就能成功的自己和其他笨蛋的水準根本不同，我真的這麼想。

我到現在還記得當初發生的事情。

那時候我正在福利社排隊買午餐，卻有個傢伙突然插隊。

於是我擺出有正義感的男子漢態度指責對方。這是因為我當時擁有充滿奇妙自尊心和中二病傾向的個性，才會做出這種魯莽行動。

然而，很不幸對方是學長，而且還是這間學校裡數一數二的危險人物。

結果我被那些傢伙揍得鼻青臉腫，扒光全身衣服綁在校門口。

還被拍了許多照片，他們抱著半好玩的心情隨手傳給了全校學生。

我一瞬間就落入最底層的階級，還被取了包莖男這外號遭人取笑。

一個月都不肯上學後成了長期曠課的家裡蹲。父親和哥哥看到這樣的我，只講了些要拿出勇氣或是要加油之類的不負責任發言，我全都當作耳邊風。

我沒有錯。

在那種狀況下，有哪個人還能去上學？

無論是誰落入那種狀況，都無法繼續去學校。當然不可能。

所以，不管哪個人對我說什麼，我都堅持縮在家裡。

我認為所有認識我的同儕都看著那些照片嘲笑我。

就算沒有出門，只要有電腦和網路，要耗掉多少時間都不成問題。受到網路的影響，我對各種領域產生興趣，也嘗試了很多事情。例如組裝塑膠模型、自己幫人物模型上漆，或是寫部落格等等。母親就像是要支持我，只要我開口，多少錢她都願意給。

然而，沒有任何一項有撐過一年。

只要看到比自己厲害的人，我就會失去幹勁。

看在旁人眼裡，應該會覺得我只是在玩樂。可是孤身被時間拋下，躲進昏暗殼中封閉不出的我沒有其他能做的事情。

不，現在回想起來，那只不過是藉口。

宣稱要成為漫畫家而開始在網路上連載拙劣的漫畫，或是立志要成為輕小說作家而試著投稿的做法還好得多吧？

有很多人處於和我類似的境遇卻選擇那樣做。

我之前都瞧不起那樣的人。

我帶著鄙視觀看他們的創作，以自許為評論家的態度做出「比大便還爛」之類的批判。

明明自己什麼都沒做……

真想回到過去。

如果可以的話，想回到最美好的小學或是國中時代。不，回到一兩年前也行。只要有一點時間，我應該能得出什麼成果。因為每一件事我都是半途而廢，所以每一件事都可以從中間再開始。

只消拿出真本事，縱使無法成為一流，說不定也能成為還算有水準的專業人士。

「……」

為什麼至今為止我都這樣一事無成呢？

明明有時間。雖說我在那段期間內一直都窩在房裡沒出門，但坐在電腦前面應該還是能著手很多事情。即使無法成為頂尖高手，起碼應該有很多機會可以在某條路上成為中堅分子好好努力。

無論是漫畫也好，小說也罷；或是電玩、寫程式等等……只要認真從事某方面，應該就能夠留下什麼成果。至於成果能不能轉化成金錢就先姑且不論……

不，還是算了。不會有用。

我沒能好好努力。就算回到過去，也一定會在類似的問題上跌倒，在類似的地方停下腳步。因為我無法克服正常人應該能在無意識狀況下跨越的障礙，現在才會在這裡。

「嗯？」

我突然在激烈的雨勢中聽到好像有人在爭吵的聲音。

是吵架嗎？

真討厭，我不想和這種事情有牽扯。雖然這樣想，腳卻直直走往聲音的來向。

「——所以說，是你——」

「妳才——」

最後發現像是情侶在吵架的三名高中生。

兩男一女，穿著現在少見的立領學生制服和水手服。

看來吵得正厲害，其中比較高的少年和少女在爭執著些什麼，而另一名少年介入其中希望他們能夠冷靜，但正在氣頭上的兩人根本沒聽進去。

（嗯，我也曾經碰上那種情況呢。）

目睹這一幕讓我回想起往事。

我在國中時期也有個可愛的童年玩伴。雖然用「可愛」形容，但在班上大概算是第四、第五名。由於加入田徑社因此頭髮剪得非常短，走在路上和十個人擦身而過會有兩、三個人回頭——大概是這種水準的容貌。不過呢，對於迷上某個動畫作品，堅持田徑社成員就該綁馬尾的我來說，她充其量只是個醜女。

然而，因為家離得近，小學和國中也經常分到同一班，所以上國中之後兩人還是曾多次一起回家。有很多機會可以聊天，也曾經拌過嘴。還真是可惜。如果是現在的我，光是國中生、童年玩伴、田徑社這幾個名詞就夠我射個三次。

順便說一下，根據傳言，那個童年玩伴似乎在七年前結婚了。

所謂的傳言，其實是兄弟們在起居室裡的談話內容。

我們之間的關係絕對不算差，因為彼此從小認識，講起話來也沒有什麼顧慮。

雖然我想她那時對我並非特別有好感，不過如果我有更加用功或是同樣加入田徑社靠推薦入學和她進入同一間高中，說不定已經豎了什麼旗。要是認真告白，搞不好還能跟她交往。

然後，就能跟眼前這些人一樣在回家的路上吵架。倘若順利，放學後還能在空無一人的教室裡做些色色的事情。

哈！這是哪來的十八禁遊戲？

（這樣一想，這些傢伙真的是些現充呢。給我爆炸吧……嗯？）

我在這瞬間突然注意到。

有一輛卡車正以高速衝向那三個人。

而且，卡車司機還趴在方向盤上。

是疲勞駕駛。

那三人還沒發現。

「危……危……危險啊……」

情急之下我張口大叫，然而我的聲帶已經有十年以上不曾好好講話，還因為肋骨的疼痛和冰冷的雨水而縮得更緊，所以只能很沒出息地擠出顫抖的聲音，這聲音在雨聲掩蓋下根本沒傳出去。

我心想自己得去救他們。同時，也覺得何必做那種事情。

然而我產生一個直覺，那就是如果沒去救他們，五分鐘後自己一定會後悔。要是看到他們三人被那輛以驚人速度衝過來的卡車輾過成了血肉模糊的屍體，我肯定會後悔。

後悔自己要是有行動就好了。

所以我得去救他們。

雖然自己大概很快就會死在這附近的路旁，但至少在那瞬間，我希望能獲得一點滿足感。

我不想直到最後那瞬間都還在後悔。

——我連滾帶跑地衝了過去。

十幾年以上都沒好好動過的腿根本不聽使喚，出生至今我第一次覺得早知道該多做點運動；折斷的肋骨傳來劇烈疼痛試圖阻止我的腳步，出生至今我第一次覺得早知道該多攝取一些鈣質。

好痛，痛到我沒辦法確實往前跑。

但是我還是邁開腳步，邁開腳步。

成功跑向他們。

剛剛在吵架的那個少年察覺卡車逼近，把少女抱進懷裡。另一名少年因為背對著卡車，所以還渾然不覺，反而因為同伴突然做出這種行為而愣住。我毫不猶豫地抓住那個沒注意到卡車的少年的領子，用盡渾身力氣把他往後拉。在我的動作下，少年摔離卡車的前進路線。

好，還有兩人。

剛產生這想法，我就發現卡車已經近在眼前。原本我打算從安全的位置伸出手把他們拉開，然而一旦把人往後拉，自己就會因為反作用力而往前移動。

這是理所當然的結果，就算我的體重超過一百公斤也不會有什麼影響。因為全力奔跑而發軟的雙腳毫無抵抗力地往前踏。

被卡車撞到的那瞬間，我覺得背後好像有什麼亮了一下。

那就是傳說中的走馬燈嗎？因為時間太短我根本沒弄清楚，實在太快了。

這意思是我的人生內容就是如此單薄？

被重量是自己體重五十倍以上的卡車撞飛後，我的身體撞上混凝土牆。

「嘎哈……！」

肺裡的空氣瞬間被擠了出來，剛剛才以全力奔跑過的肺部因為缺乏氧氣而痙攣。

也無法發出聲音。但是，我還沒有死。多虧有長年累積的大量脂肪而保住一命……

才剛這樣想，卡車又再度逼近。

最後我就夾在卡車跟混凝土牆之間，像顆番茄般被壓爛並死去。

第一話「難道是：異世界」

恢復意識時，一開始的感覺是好亮。

眼前是滿滿的光芒，讓我不舒服地瞇起眼睛。

慢慢適應後，我才發現有個年輕的金髮女性正在看我。

真是個美少女……不，可以稱為美女吧。

（這是誰？）

旁邊還有一個也挺年輕的褐髮男性對我露出僵硬的笑容。

這男的看起來似乎很強也很任性，有一身驚人的肌肉。

褐色頭髮又好像很任性……看到這種類似垃圾人的傢伙我應該會反射性產生拒絕反應，但不可思議的是我現在並沒有厭惡感。

大概是因為他的頭髮並不是故意染的吧，呈現漂亮的褐色。

「——××——××××。」

女性看著我微微一笑，開口說了些什麼。

她到底在說什麼呢？總覺得模模糊糊地很不清楚，完全聽不懂。

難道不是日文？

「——×××××——×××……」

男性也以放鬆的表情回應。我真的聽不懂他們在說什麼。

「——××——×××。」

不知道從哪裡傳來第三個聲音。

我看不到講話的人。

我想撐起身體，詢問這裡是哪裡，這些人又是誰。

雖然我之前是家裡蹲，但沒有溝通障礙。

這點小事我還辦得到。

「啊——嗚啊——」

腦袋裡雖然這樣想，然而口中卻發出分不清是呻吟還是喘氣的聲音。

身體也無法動彈。

即使可以感覺到手指和手臂有在動，卻無法撐起上半身。

「×××——××××××。」

這時，那個男子把我抱了起來。

真的假的？居然可以這麼輕鬆地抱起體重超過一百公斤的我……

不，要是我已經躺了幾十天，體重應該有減少。

畢竟是一場那麼嚴重的事故，缺手斷腳的機率也很高。

（這下生不如死了……）

那一天。

我腦裡是這種想法。

★ ★ ★

之後過了一個月。

看樣子我似乎是重新投胎了，我總算認清這個事實。

我成了個嬰兒。

被其他人抱起並幫忙撐住腦袋，讓我能看清楚自己的身體後，我才總算確認這一點。

雖然我也不知道為什麼前世的記憶都還在，不過這樣也沒有造成什麼困擾。

帶著記憶轉世重生——每一個人都曾經妄想過這種情況。

只是我沒想過這種妄想居然會成為現實……

醒來後一開始見到的男女似乎是我的雙親。
年齡大概是二十歲出頭吧？
明顯比前世的我年輕。
看在三十四歲的我眼裡，就算稱他們為小毛頭也不為過。
居然在這種年紀就生小孩，真是讓人嫉妒。
還有我從第一天就注意到，這裡似乎不是日本。
語言不同，雙親的長相不像日本人，還有服裝也像是某種民族服飾。
沒看到類似家電製品的物體（身穿女僕服的人是拿抹布打掃），餐具和家具都是粗糙的木製品。這裡不是已開發國家吧。
照明也不是用電燈泡，而是靠蠟燭和提燈。
不過呢，也有可能是因為他們窮到付不起電費。
……說不定很有可能是因為這樣？
因為家裡有個像是女僕的人，我還以為這戶人家算是有錢。
不過如果推測那個女僕其實是父親或母親的姊妹，那麼也不算矛盾。那樣的人至少會幫忙打掃吧。
我的確有想過重新開始，不過要是出生在一個連電費都繳不起的窮人家裡，那可是前途堪慮。

★ ★ ★

又過了半年的歲月。

旁聽父母對話半年後，我開始可以聽懂一定程度的語言。

雖然我以前的英文成績並不好，但「身處母語環境會拖慢外語學習速度」的理論似乎是真的，或者只是因為這個身體的腦袋比較靈光？我總覺得自己的記性好到不正常，也許是因為年紀還小吧。

到了這個時期，我已經會爬了。

能移動真是美好的事情。

我從來不曾如此感謝「身體能夠行動」的狀況。

「只要稍不注意，他就會立刻溜去別的地方。」

「這麼有精神不是很好嗎？剛出生那時候他都不哭，我可很擔心呢。」

「可是現在也不太哭耶。」

看到我到處亂爬，雙親講了這些感想。

好歹我已經脫離只不過是肚子餓了就要哇哇大哭的年齡。

不過排泄方面因為再怎麼忍耐也遲早會跑出來，所以我就毫不客氣地宣洩了。

就算現在只會爬，不過能夠移動後我弄清楚很多狀況。

首先，這個家相當富裕。

房子是木造的二層樓建築，房間是五間以上，還僱用了一個女僕。

我一開始推測女僕小姐有可能是我的姑姑或阿姨，不過她對父母的態度相當恭敬，所以應該不是親人吧。

至於所在位置則是某個鄉村。

從窗口能看到的景色是悠閒的田園風景。

其他房子四下分散，在整片小麥田中只能零星看到兩～三戶。

看起來相當鄉下。也沒看到電線桿或路燈之類的東西，說不定附近根本沒有發電廠。

雖然我有聽說過外國會把電線埋在地下，不過如果是那樣，這個家沒有用電的狀況就很奇怪。

這也未免太偏僻了，對於長期受到文明浪潮洗禮的我來說或許有點痛苦。

即使已經重生，至少也想摸摸電腦。

這些想法只持續到某一天的下午。

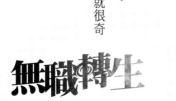

由於無事可做，打算欣賞悠閒田園風光的我像平常那樣爬上椅子看向窗外，結果卻大吃一驚。

因為父親正在院子裡揮劍。

（等等，咦？他在幹嘛？）

意思是我老爸是那種一把年紀還耍刀弄槍的傢伙？中二病嗎？

（啊，糟了……）

由於嚇了一跳，我從椅子上滑了下來。

幼小的手即使抓住椅子也無法撐住身體，比較重的後腦杓先撞上地面。

「呀啊！」

我砰咚摔倒的那瞬間，聽到了一聲慘叫。

抬眼一看原來是母親放開了手中的衣物，捂著嘴一臉鐵青地俯視著我。

「魯迪！你還好嗎！」

母親慌慌張張地衝過來抱起我。

兩人視線相對後，她摸著胸口露出鬆一口氣的表情。

「……呼，似乎沒事。」

（頭部受到撞擊時，最好不要移動傷患喔，這位太太。）

我在心裡提醒她。

看她緊張成這樣，剛剛應該是相當危險的摔法吧。

而且又是後腦著地，說不定已經摔成笨蛋了。雖然其實也沒差。

總覺得腦袋有點刺痛。基本上我有試圖抓住椅子，沒有摔得很重。

看母親現在並不是很慌張的態度，大概沒有流血。頂多腫了個包吧。

她仔細檢查我的腦袋。

表情就像是在說要是有傷那可就不得了。

最後，她把手放到我的頭上。

「保險起見……神聖之力是香醇之糧，賜予失去氣力之人再次站起來的力量吧——

『Healing』。」

我差點噴笑。

喂喂，這是這個國家的「痛痛飛走」嗎？

或者是除了揮劍的父親，連母親也是中二病嗎？

這對夫妻是戰士和僧侶結婚？

這些想法並沒有持續太久。

剛注意到母親的手發出淡淡的光芒，疼痛就瞬間消失。

（……咦？）

「好，這樣就沒問題了。別看媽媽這樣，以前可是有名的冒險者喔。」

母親自豪地對我說道。

我則是陷入混亂。

劍、戰士、冒險者、治療術、詠唱、僧侶……這些名詞在我的腦裡旋轉。

剛剛那是？她做了什麼？

「怎麼了？」

聽到母親的慘叫，父親從窗口把頭探了進來。

或許是因為剛剛都在揮劍，他一身大汗。

「親愛的你聽我說，魯迪他剛剛居然爬上椅子……結果摔下來差點受了重傷。」

「噢，男孩子就是要這麼活潑才行啊。」

有點神經質的母親，和以豁達態度隨口回應的父親。

這是常見到的光景。

然而這次大概是因為我撞到後腦，母親並沒有退讓。

「可是親愛的，這孩子生下來還不到一年，你應該要更擔心他！」

「雖然妳這樣說，但小孩子就是要多摔多跌幾次才會變強壯啊。而且就算受傷，也只要妳幫他治療就行了吧。」

「可是……我一想到萬一他受了什麼治不好的重傷就覺得很擔心……」

「沒問題啦。」

父親這樣說著，把我和母親一起抱進懷裡。

母親的臉染上紅暈。

「一開始因為他都不哭所以還很擔心，不過既然這麼調皮，肯定沒問題……」

父親吻了一下母親。

喂喂，你們兩個居然故意放閃給我看，嘖嘖。

之後，他們先把我帶往旁邊房間讓我躺下，接著就移動到樓上，開始進行製造弟弟妹妹的工程。

即使上了二樓，還是可以聽到吱吱嘎嘎嗯嗯啊啊的聲音所以我知道在做什麼啦！這兩個可惡的現充……

（不過，魔法嗎……）

★　★　★

在這次之後，我開始仔細聆聽雙親和傭人的對話。

於是，我發現有很多不熟悉的詞語。

尤其是國家名稱、領土名稱、地區名稱等等的專有名詞，我連一個都沒有聽說過。

說不定這裡是……

不，已經可以斷定。

這裡不是地球，而是另一個世界。

劍與魔法的異世界。

這時，我突然想到。

……如果是這個世界，我是不是也能有一番作為呢？

如果這裡是劍與魔法的世界，是常識和生前不同的世界，那麼是不是連我也能辦到呢？辦到和一般人同樣活著，和一般人同樣努力，即使遭受挫折也要重新站起，繼續朝著前方活下去。

上輩子的我在死前感到很後悔。

對於自己的無能和一事無成的人生抱著悔恨而死。

然而，如果是經歷過那些的我……

如果是擁有前世知識和經驗的我，是不是就能夠做到呢？

做到在這個世界——以認真的態度活下去。

第二話「心生反感的女僕」

莉莉雅原本是阿斯拉王國後宮的禁衛侍女。

所謂的禁衛侍女，是指同時具備禁衛兵性質的侍女。

平常負責侍女的工作，緊急時則要拿起劍保護主人。

莉莉雅忠於職務，侍女的工作也無可挑剔。

然而做為劍士，她只擁有會被歸類為一般人的才能。

因此，碰上有刺客試圖暗殺剛出生的公主時，她一時大意，被對方用短劍傷了腳。

短劍上塗著毒，是那種用來暗殺王族的毒。

也就是沒有解毒魔術可用來治療的棘手毒藥。

雖然傷口馬上被治療魔術治好，醫生也試著解毒而讓她總算保住一命，卻留下了後遺症。

即使日常生活不受影響，但再也無法以全力奔跑或是迅速往前踏。

那一天，莉莉雅身為劍士的生命就此告終。

王宮很乾脆地解僱她。

這並不是什麼罕見的狀況，莉莉雅也能理解。

既然失去能力，被解僱也是當然。

雖說連當前的生活資金都沒能拿到，不過光是沒有因為在後宮工作就被祕密處決，就必須抱著已經賺到的想法。

莉莉雅離開了王都。

企圖暗殺公主的幕後黑手還沒被找到。

知道後宮構造的莉莉雅非常明白自己很有可能成為目標。

或許王宮正是故意放她自由行動，打算藉此引出幕後黑手。

以前，她曾經懷疑過為什麼家世並不優秀的自己為什麼能進入後宮，不過到現在再去思考，說不定他們只是想僱用可以用過就丟的女僕。

不管怎麼說，也為了保護自身，莉莉雅必須盡可能遠離王都。

就算王宮真的是把她放出來當餌，既然沒有收到任何命令，那麼也沒有約束力。

當然她也不認為有報恩的必要。

莉莉雅轉搭了好幾班公共馬車，最後來到有著廣大農業地區的邊境，菲托亞領地。

除了領主居住的要塞都市「羅亞」，這裡是放眼望去全是麥田的悠閒地區。

莉莉雅決定在這裡求職。

話雖如此，腳上有傷的她無法從事必須動武的工作。

或許還能教人劍術，但如果可以，她還是希望能當侍女。

因為侍女的薪水比較高。
在這個邊境有許多能使用劍術或傳授劍術的人，但是受過完美家事訓練的侍女卻很少。
既然供給較少，自然薪水也會提昇。
然而被菲托亞領主或是同等的上級貴族僱用會有危險。
因為那種人當然和王都方面也有聯繫。
要是雇主知道莉莉雅原本是後宮的侍女，很有可能會被當成政治上的籌碼。
莉莉雅才不願碰到那種事情。
她再也不想遇上讓自己差點送命的遭遇。
雖然對不起公主，然而莉莉雅希望王族的繼承人之爭可以在和自己無關的地方隨他們怎麼鬧都行。
話雖如此，要是薪水太低會無法把錢寄回家。
能同時滿足薪水和安全這兩個條件的工作實在難找。

★ ★ ★

花了一個月在各地奔走後，莉莉雅注意到一個求才告示。

在菲托亞區域的布耶納村，有個下級騎士正在招攬侍女。
上面還註明會優先採用擁有照顧小孩的經驗，具備助產知識的人。
布耶納村位於菲托亞區域的邊緣，是一個小村莊。
也是鄉下中的鄉下，換句話說超級鄉下。
雖然是個不方便的地方，但這種位置正符合莉莉雅的需求。
而且，待遇好到讓人簡直不敢相信僱主只是下級騎士。
最重要的一點，是她對僱主的名字有印象。
「保羅．格雷拉特」。
這個人是莉莉雅的師弟。
他是出身貴族的紈褲子弟，某天突然闖進莉莉雅學習劍術的道場。
似乎是因為和父親吵架所以被斷絕關係，於是住進道場裡開始學習劍術。
即使流派不同，但在家裡學過劍術的他很快就追過了莉莉雅。
莉莉雅當時感到很不痛快，不過現在她已經認定這只是因為自己缺乏才能而乾脆死心。
而這個才華洋溢的保羅在某一天引起問題，慌慌張張離開道場。
只對莉莉雅留下「我要成為冒險者」這句話。
是個宛如一場暴風雨的男子。

分別是差不多七年前的事情。

沒想到那時的他居然成了騎士，而且已經結婚……

雖然不知道保羅後來經歷過多驚濤駭浪的人生，但在莉莉雅的記憶中，他絕不是個壞人。

只要說自己遇上困難，保羅應該會伸出援手吧。

要是被拒絕，就提出往事當籌碼。

她手上有好幾件能當作交涉材料的事情。

打著這種算盤的莉莉雅前往布耶納村。

保羅很爽快地僱用了她。

似乎是因為他太太塞妮絲很快就要生產，因此他急著找到人手。

為了對應公主的出生和養育，莉莉雅曾經受過相關所有知識和技術的嚴格教育，再加上雙方原本就相識而且出身清楚，代表來歷很安全。

她受到歡迎。

對方還表示會支付比預定還多的薪水，對莉莉雅來說也是如願以償。

★ ★ ★

孩子出生。

沒有難產或是其他意外，生產過程和在後宮時的練習內容相同。

沒有任何問題，很順利。

但是生出來的孩子偏偏沒有哭。

莉莉雅出了一身冷汗。

雖然孩子出生後，鼻子和嘴巴裡的羊水立刻被吸了出來，然而嬰兒只是用沒有感情的臉孔往上看，連一聲也不吭。

那面無表情的樣子，甚至讓人忍不住懷疑是不是死產。

試著摸摸看之後，發現有溫熱的脈搏，也有在呼吸。

然而嬰兒就是不哭。

莉莉雅內心閃過禁衛侍女的前輩曾說過的話。

據說出生之後沒有立刻哭泣的嬰兒通常有哪裡異常。

當她猜想「該不會是那樣吧？」的下一瞬間……

「啊——嗚啊——」

嬰兒看著這邊，以呆滯的表情說了些什麼。

聽到這聲音，莉莉雅總算安心。

即使沒有任何根據，不過看起來大概沒問題吧。

★★★

孩子被取名為魯迪烏斯。

這是個詭異的小孩。他完全不哭，也不吵鬧。或許是因為身體比較孱弱吧？總之照顧起來確實比較省事，其實這樣也不錯。

不過，這種想法沒能持續多久。

等到魯迪烏斯開始會爬，他會溜搭到家裡的任何地方。

真的是家裡的「任何地方」，包括廚房、後門、儲藏室、放掃除工具的櫃子、暖爐裡……等等。

甚至連二樓都闖進去過，真不知道他是怎麼爬上去的。

總之只要稍不注意，魯迪烏斯就會立刻不見人影。

然而不知道為什麼，一定能在家裡找到人。

魯迪烏斯絕不會前往屋外。

雖然他有時候會從窗口向外看，但或許是還害怕外面吧？

莉莉雅是從什麼時候開始依本能對這個嬰兒感到恐懼呢？是在這孩子鑽空溜掉，最後總算找到人的時候嗎？

大部分的情況中，魯迪烏斯都在笑。

有時候是在廚房看著蔬菜，有時候是盯著燭台上蠟燭的搖曳火焰，有時候是看著待洗的內褲。

魯迪烏斯總是喃喃低語著些什麼，然後露出噁心的笑容。

──那是一種會讓人產生生理性厭惡感的笑容。

莉莉雅還在後宮工作時，曾經因為任務前往王宮數次，那時遇上的大臣臉上就掛著和這個很像的笑容。

一個出生沒多久的嬰兒，和那種頂著可以反射出光芒的禿頭，晃著肥胖的肚子，盯著莉莉雅胸部的大臣竟然會露出很相似的笑容。

尤其是把魯迪烏斯抱起來的時候最為可怕。

他的鼻孔會擴張，嘴角往上拉，發出急促喘氣聲，還會把臉埋進胸部。

接著抖著喉嚨，發出介於「噗唏」和「哦呵」之間的笑聲。

這瞬間，一股讓人毛骨悚然的寒意支配了莉莉雅的全身。

這股寒意甚至會讓她想把抱在胸前的嬰兒狠狠砸向地面。

他身上完全不具備嬰兒該有的天真可愛，這種笑容只會讓人膽顫心驚。

傳言中買下許多年輕女奴隸的大臣會露出的笑容。
居然出現在一個初生嬰兒的臉上。
這讓人產生無可比擬的不快感，甚至會覺得自身受到嬰兒的威脅。
莉莉雅思考著。
這個嬰兒有哪裡不對勁。說不定是被什麼邪惡的東西附身了，或是受了詛咒。
聯想到這種可能性的莉莉雅感到坐立難安。
她急忙前往道具店，用掉僅有的一點錢買下必要的東西。
之後在格雷拉特家的人都熟睡後，她進行了故鄉流傳的除魔儀式。
當然，沒有獲得保羅的允許。

隔天，抱起魯迪烏斯後，莉莉雅發現……
昨晚是白費力氣。
他還是一樣噁心。一個嬰兒光是露出這樣的表情，就已經十足詭異。
塞妮絲也說過「餵奶的時候，這孩子都會舔我的胸部呢……」之類的發言。
莉莉雅覺得這是很嚴重的問題。
雖然保羅對女性不但欠缺抵抗力又沒有節操，但是卻不會這麼噁心。
就算想當成是遺傳依舊很奇怪。

莉莉雅回想起一件事。話說起來，她曾經在後宮聽過這種傳言。

「過去曾經發生過阿斯拉的王子每天晚上都趴在地上，在後宮到處爬來爬去的事件。王子是被惡魔附身了。如果在不知情的狀況下隨便把王子抱起，王子就會用藏在身後的小刀，朝向侍女的心臟一刀把她刺死。」

真是恐怖的故事。

魯迪烏斯就是那樣。

沒錯，他肯定是那種惡魔。

雖然現在還很安分，但是總有一天他會覺醒，並且趁著夜深人靜時，把全家人一個又一個的殺掉……

啊啊……太衝動了。自己實在是太衝動了，早知道不該來這種地方工作。

總有一天絕對會遭到襲擊。

……莉莉雅是那種對迷信也深信不疑的類型。

★　★　★

來到這裡約一年的期間，莉莉雅一直像這樣滿心畏懼。

然而，不記得是從什麼時候開始，魯迪烏斯原本無法預測的行動開始出現固定模式。

他不再神出鬼沒，而是會窩在二樓角落的保羅書房裡。

雖然稱為書房，但那裡其實是個只有幾本書的簡樸房間。

魯迪烏斯總是待在那房間裡不出來。莉莉雅去偷偷觀察，發現他瞪著書本嘟嘟囔囔地說著些什麼。

那些發音聽起來沒有意義。

應該沒有，至少那些並不是中央大陸普遍使用的語言。

魯迪烏斯還不到學說話的年紀，當然也沒有教他認識文字。

所以，這只是嬰兒看著書隨便發出聲音而已。

如果不是這樣就太不合常理了。

然而，莉莉雅總覺得那聽起來像是有意義的成串語言。

也總覺得魯迪烏斯似乎能理解書本的內容。

真恐怖……莉莉雅一邊從門縫觀察魯迪烏斯，同時內心產生這種感想。

不過很不可思議的是，她並不會感到厭惡。

仔細想想，自從魯迪烏斯開始窩在書房裡，那種真相不明的詭異感和噁心感也逐漸沉靜下來。

雖然他有時候依然會露出噁心的笑容，但抱他時不再會產生不快感。

他現在也已經不會再把臉埋進胸部，或是哼哼喘氣。

為什麼自己之前會覺得這孩子很可怕呢？

最近他反而散發出一種真誠和勤勉，讓人覺得不該去打擾。

和塞妮絲聊過後，她似乎也有同樣的感覺。

在那之後，莉莉雅覺得或許不要管魯迪烏斯會比較好。

她也知道這是不正常的想法。

身為人，絕對不該做出放著年幼嬰兒不管的行為。

然而，最近的魯迪烏斯眼裡開始出現知性的色彩。

在幾個月前明明只能看到色心的眼裡，居然出現強固的意志與似乎隨時會綻放出光芒的智慧。

到底該怎麼辦呢？只有知識卻欠缺經驗的莉莉雅無法判斷。

不知道是禁衛侍女的前輩，還是故鄉的母親曾經說過……「養育小孩沒有所謂的正確答案」。

至少現在不會感到噁心，不會心生不快，也不會造成恐懼。

那麼，也沒有必要去干涉並恢復成原來的樣子。

——還是丟著不管吧。

莉莉雅在最後做出這種判斷。

第三話「魔術教科書」

轉生之後差不多過了兩年。

我的下半身變得比較有力，能一個人用雙腳走路。

也慢慢開始會說這個世界的語言。

★　★　★

決定要認真過活後，我思考了首先該做什麼。

生前有哪些該做的事？

讀書、運動、技術。

不過嬰兒能做到的事情很少，頂多只能趁著被抱住的時候把臉埋進女性的胸前。

對女僕做這個動作時，她露出明顯的厭惡表情。

我想那個女僕肯定討厭小孩。

認為運動應該可以稍微往後挪的我為了學會文字，開始閱讀家裡的書籍。

學習語言很重要。

日本人雖然對母國語的識字率將近百分之一百，但是有許多人不擅長英文，也有很多人一旦出國就感到退縮。「學會外國語言」甚至被視為一種技能。因此，我把學會這世界的文字當作第一項課題。

家裡只有少少的五本書。

是因為這世界的書籍很貴嗎？還是因為保羅和塞妮絲不喜歡看書呢？

大概兩邊都是原因吧，看在擁有數千本藏書的我眼裡，這種水準真是讓人感到難以置信。

不過呢，其實我的書也全都是輕小說啦。

雖說只有五本，可是要用來識字已經足夠。

由於這世界的語言和日文相似，我很快就記住了。

即使文字外型完全不同，但文法方面倒是順利吸收。

只需記住詞語實在太好了，之前有先學著聽懂語言也是很有利的要素。

因為父親曾經多次為我朗讀書本的內容，現在才能順利地記住詞語。

或許也該歸功於這身體記憶力很好。

一日能讀懂文字，就發現書籍的內容很有趣。

過去我還以為自己一輩子都不會覺得學習是件有趣的事情，不過仔細想想，就跟記住網路遊戲的情報差不多，當然會很有趣。

話說回來，我爸該不會認為還在喝奶的幼兒能理解書上的內容吧？

幸好是我，如果是普通的幼兒一定會滿心反感放聲大哭。

家裡的書籍共有下述五本。

《行遍世界》

刊載世界各國名稱和特徵的導覽書。

《菲托亞的魔物生態、弱點》

菲托亞這地域會出現的魔物之生態和對應方法。

《魔術教科書》

魔術師的教科書，記載了從初級到上級的攻擊魔術。

《佩爾基烏斯的傳說》

名叫佩爾基烏斯的召喚魔術師和伙伴一起對抗魔神拯救世界，止惡揚善的童話故事。

《三劍士與迷宮》

三名分屬不同流派的天才劍士相遇，一起深入迷宮的冒險動作故事。

最後那兩本戰鬥小說先姑且不論，其他三本倒是讓我學了很多。

特別是魔術教科書很有趣。

由於來自沒有魔術的世界，對我來說，關於魔術的敘述實在引人入勝。

閱讀內容後，我得到了一些基本知識。

一：首先，魔術大致只分成三個種類。

「攻擊魔術」——攻擊對象。

「治癒魔術」——治療對象。

「召喚魔術」——叫出某種東西。

以上三種，完全看字面就能知道意思。

感覺這些魔法似乎可以做更多事情，但教科書上記載魔術這種東西是在戰鬥中產生發展而成，所以似乎不常被運用在和戰鬥或狩獵無關的方面上。

二：要使用魔術，必須有魔力。

反過來說，只要有魔力，任何人都可以使用魔術。

使用魔力的方法分為兩種。

「使用自己體內的魔力」。

「使用從含有魔力的物質中抽取出的魔力」。

就是這兩種方法。

雖然找不到適當的例子，不過前者大概是自己發電，而後者是使用電池的感覺吧？

很久以前要使用魔術時似乎只靠自己體內的魔力，但隨著時代演變，在研究下魔術的難度提高，必須消耗的魔力似乎也隨著爆發性增加。

擁有大量魔力的人還無所謂，魔力不多的人根本無法使用什麼像樣的魔術。

因此，以前的魔術師想出從自身以外的來源吸出魔力，藉此使用魔術的方法。

三：發動魔術的方法共有兩種。

「詠唱」。

「魔法陣」。

這應該不需要詳細說明。就是分成靠嘴巴講來發動魔術，或是靠畫出魔法陣來發動魔術。

很久以前的主力方式似乎是魔法陣，但現在詠唱才是主流。

話雖如此，以前的詠唱光是最簡單的內容似乎也要花上一到兩分鐘。

在戰鬥中根本派不上用場。

反而魔法陣只要畫好一次就能夠多次重複使用。

詠唱之所以可以成為主流，是因為某個魔術師成功讓詠唱時間大幅縮短。

最簡單的詠唱被縮短到大約只要五秒左右，之後攻擊魔術就變得只使用詠唱方式。

不過當然，不追求立即生效而且還需要複雜術式的召喚魔術似乎還是以魔法陣為主流。

四：個人的魔力基本上在出生時就已經決定。

如果是一般的ＲＰＧ，ＭＰ會隨著等級提昇而逐漸增加。

然而在這個世界，魔力似乎不會增加。

而且據說幾乎所有人的職業都是戰士。不過因為是「幾乎」，所以好像多少還是會有所變動……

我算是哪一種呢？

魔術教科書上寫著魔力量會受遺傳影響。

基本上，看起來母親能夠使用治癒魔術，那麼我是不是也可以抱著某種程度的期待呢？

真讓人不安。就算雙親很優秀，總覺得我本身的基因不會好好發揮效果。

★ ★ ★

總而言之，我從最簡單的魔術開始挑戰。

基本上魔術教科書裡有同時記載著魔法陣和詠唱這兩種方式，不過既然詠唱似乎是主流，而且也沒有能畫出魔法陣的道具，因此我決定使用詠唱來練習。

魔術的規模愈大，詠唱時間就會愈長，到後來好像還得配合使用魔法陣，不過才剛開始大概沒問題吧。

順道一提，熟練的魔術師似乎不需要詠唱也能使用魔術。

就是所謂的無詠唱或是縮短詠唱之類的技巧吧。

不過，為什麼熟練之後就可以不需要詠唱呢？

既然魔力的總量不會改變，表示即使等級提昇，ＭＰ也不會增加。

反過來說，熟練度上升後，消耗的ＭＰ是不是會減少呢？

不對，就算假設消耗ＭＰ會減少，這也無法成為步驟簡化的理由啊。

……算了也罷，總之先試試看吧。

我左手拿著魔術教科書，右手向前伸出，開始讀出文字：

「願偉大的水之加護降臨汝所求之處，清涼之淺流在此顯現——『Water Ball』。」

有種血液向右手集中的感覺。

接著是血液被往外推的感覺，然後就看到右手前方出現一顆拳頭大的水彈。

「喔喔！」

才剛覺得感動，下一瞬間水彈就唰地往下掉，最後打溼地板。

教科書上寫著這是水形成的砲彈會往前飛出去的魔術，但是我製造出的水彈卻在原地落下。

或許是因為不夠專注導致魔術沒能持續？

集中精神……集中精神……

要讓血液集中到右手上。就是這樣……這種感覺……嗯。

我再度舉起右手，邊回想剛才的感覺，同時在腦中想像。

雖然不知道自己的魔力總量有多少，不過最好先假設無法使用很多次。

要抱著必須讓每一次的練習都能成功的心態來好好集中精神。

首先要在腦中一次又一次地重複想像，然後再實際挑戰。

萬一失敗，就再度想像那部分，直到在腦內能完美成功為止。

我生前練習格鬥遊戲的連段時就是用這種方式。

多虧這種方法，即使是在對戰中使用連段，我也幾乎不會失敗。

所以這個練習方法沒有錯……希望如此啦。

「吸……呼……」

我做了個深呼吸。

利用把血液從腳尖或從頭頂送往右手的感覺來累積力量。

然後是從手掌把那些力量一口氣送出去的感覺……

我非常慎重再慎重，配合心跳一點一點地累積……

水……水……水……水彈……水形成的砲彈……水形成的球……水球……球狀圓點……圓點花紋的內褲……

有邪念混入，再來一次。

先集中在一起，然後擠出去的水水水水……

「破！」

當我忍不住模仿寺廟出身的那個人發出喊聲的那瞬間，水彈出現了。（註：「寺廟出身的那個人」是指日本網路上一連串靈異體驗文中出現的人物「寺廟出身的T先生」，他總是瀟灑出現然後大喊一聲「破！」就解決事件）

「呃……咦……？」

嘩啦。

在嚇一跳的同時，水彈毫無抵抗力地往下掉落。

「……啊……」

咦……我剛剛沒有詠唱吧？

為什麼……？

講到我做了什麼，只不過是按照先前使用魔術時的感覺再來一遍而已啊。

難道只要能成功重現魔力流動，就算不詠唱也沒有關係嗎？

無詠唱這麼簡單就能辦到？

一般來說應該是高級技巧吧？

「既然這麼簡單就可以省掉詠唱，那麼這行為有什麼意義？」

就算是我這種初學者，都可以不靠詠唱來發動魔術。

把身體的魔力集中到手掌前方，然後在腦中決定形狀。

就只是這樣。

バチャ

那麼，詠唱這動作本身根本沒有必要吧？大家都照我那樣做就可以了。

（……唔。）

或許，所謂的詠唱其實是魔術的自動化嗎？

不需要每一次都集中精神去想像血液從全身聚集的感覺，只要講出台詞就會幫忙自動完成。

詠唱的意義會不會只是這樣呢？

類似車子的手排和自排，其實開自排車時也是可以手動換檔——大概就是這種感覺吧？

「只要詠唱，就能自動使用魔術」。

這有很大的好處。

第一，方便傳授。

無論是站在教導的立場還是必須學習的人，與其講解「讓血液沿著體內血管集中的感覺」這類理論，只需詠唱咒語就能讓所有人都一口氣成功使出魔術的方式顯然都比較輕鬆。

大概就是隨著這樣傳授的期間，讓「詠唱是不可或缺的過程」逐漸成為定論吧。

第二，方便使用。

不用說，攻擊魔術會在戰鬥中被拿來使用。

比起在戰鬥中閉上眼睛嗯嗯唔唔地集中精神，迅速把咒語講完顯然比較省事快速。
舉例來說，前者就像是邊全力奔跑邊繪製精細圖畫，後者則是邊全力奔跑邊快速講話，到底哪種方式會比較輕鬆呢？
「或許也有人會覺得前者比較輕鬆啦……」
我大略翻過魔術教科書，沒有找到關於無詠唱的內容。
真奇怪，根據我自己實際嘗試的感覺，這並不是很困難的事情。
雖然或許是我特別有才能，不過不可能是其他人完全辦不到吧？
這種推論如何呢？
正常情況下，從初學到熟練為止，大部分的魔術師都持續利用詠唱來使用魔術。
使用幾千次幾萬次之後，身體已經徹底習慣詠唱這個動作。
所以一旦要嘗試無詠唱，反而會不知道該怎麼做。
因此這種方式被視為不一般的做法，才會沒有記載於教科書上。
「喔喔！這樣就說得通了！」
換句話說，現在的我也不算普通嘍？
不覺得這樣很厲害嗎？
有種巧妙用出祕技的感覺。

舉例來說就像是……

「怎麼可能，在毋須〈贊來歌〉的情況下使用後罪觸媒？」

「我只是很平常地使用這個觸媒，讓名詠門開啟罷了。」（註：出自輕小說《黃昏色的詠使》）

這樣吧？

嗚哈！我興奮起來了！

唔，這樣不行。我得冷靜，要保持COOL。

生前的我就是被這種感覺騙倒才會落到那種下場。

就是因為比一般人更擅長電腦而產生優越意識，才會得意忘形，最後失敗。

還是自重吧，要自重。最重要的是不能認為自己高人一等。

我只不過是初學者，初學者罷了。

就像保齡球初學者運氣好丟出全倒而已。

畢竟初學者總是特別好運，不要誤以為自己很有才能，該專注努力練習才對。

好，一開始先靠詠唱使用魔術，接下來再模仿那種感覺專心練習無詠唱。

就照這種步驟進行吧。

「那麼再來一次。」

我把右手往前伸，卻覺得莫名疲累。

感覺就像是肩膀附近被什麼重物壓住。

這是疲勞感。

是因為剛剛一直在集中精神嗎？

不不，我也算是網遊專家（自稱）的一分子，而且還是那種如果有必要，能夠不眠不休持續狩獵六天的男子漢。

我的專注力應該不可能光是這樣就耗盡。

「意思是……ＭＰ用光了嗎……？」

怎麼會這樣……如果魔力總量是天生註定，就代表我的魔力只能射出兩次水彈。

再怎麼說這也太少了吧？還是因為這是我第一次使用魔法，所以白白損耗了一些魔力，是這樣子嗎？

不，不可能有這種蠢事吧。

為了保險起見，我決定再射出一次水彈，下場是失去意識。

★　★　★

「真是的，魯迪，想睡覺時記得要先乖乖先去上廁所，然後再上床才行喔。」

等我起來時，已經被當成是看書看到一半睡著而且還尿床。

可惡，居然這年紀還被當成睡覺偷尿尿……

可惡……可惡……啊，我才兩歲嘛，睡覺尿床還算是可以原諒的小事吧。

倒是我的魔力也未免太少了吧。

唉……真讓人喪氣……算了，就算只能使出兩次水彈，重點也是要看如何利用。

我還是先好好練習，起碼要練到可以一瞬間用出的程度……

唉……

★　★　★

隔天，就算製造出四顆水彈也沒問題。

但是在第五顆時感到疲勞。

「怪了……？」

根據昨天的經驗，我明白下一次就會讓自己暈倒，因此決定停手。

接著，我開始思考。

最多六顆，這是昨天的兩倍。

我邊看著五顆水彈在桶子裡積起的水，同時努力思考。

思考才過一天，次數就變成兩倍的理由。
是不是因為昨天打從一開始就比較累？或者是因為第一次使用魔術所以消耗較多ＭＰ？
不過因為今天全都是用無詠唱來練習，所以應該不是「有沒有詠唱」所造成的影響。
搞不懂。
或許到了明天又會增加。

★★★

翌日。
能做出水彈的次數增加了。
是十一顆。
總覺得好像是用掉多少就增加多少。
如果真是那樣，明天應該會變成二十一顆。
再過一天。
為了保險起見，我只用掉五顆就收手。

然後一天又過去。

變成二十六顆。

果然是用掉多少就增加多少。

（居然騙我……！）

說什麼人的魔力總量是天生註定！

居然擅自決定「才能」這種眼睛看不到的東西。

大人怎麼可以獨斷判定小孩子的才能！

「算了，這件事告訴我不該全盤接受書本的內容。」

或許這本書的內容是在表示「人的幸福總有上限」那一類的意思。

也有可能是指鍛鍊後的結果。

或是指就算努力鍛鍊，魔力總量還是有上限值嗎？

不對等等，現在下結論還太早，還有建立假設的空間。

例如……對了，例如可能是「魔力會隨著成長而增加」。

或是「只要在幼兒期使用魔力，就能讓最大值飛躍性成長」。

啊，還有「這是我獨有的特殊體質」也是難以捨棄的選項。

……不對，就說了別自以為與眾不同。

即使在原本的世界，也有一種理論認為在成長期運動可以促成能力飛躍性進步。
反而在過了成長期之後，即使再怎麼努力成長率也很差。
這世界也一樣，就算說是魔力，但人體的構造應該還是相同。
所以基本也是一致。
那麼，我該做的事情只有一件。
就是在成長期結束之前，要盡可能鍛鍊自己。

★★★

從隔天開始，我決定每天都要把魔力耗到極限。
同時，還要增加能使用的魔術。
只要記住感覺，以無詠唱方式來重現魔術並不是難事。
總之，我想在短期內徹底精通所有系統的初級魔術。
所謂初級魔術正如其名，在攻擊魔術中屬於最低層級。
而水彈和火彈即使在初級魔術中，也被定位為最入門的魔術。
魔術的難易度分為七個階段。
「初級、中級、上級、聖級、王級、帝級、神級」。

受過一般教育的魔術師對於自己擅長的系統似乎可以使用到上級，不過其他系統的魔術就只能使用到初級至中級。

據說只要能使用比上級還高等的魔術，就會因應系統被稱為火聖級或水聖級之類，還能獲得另眼看待。

聖級。

讓人有點神往。

不過魔術教科書上只記載了火、水、風、土系統到上級為止的魔術。

聖級以上要去哪裡才能學到呢……

算了，不要想太多吧。

就算是玩ＲＰＧ製○大師，要是從最強的怪物開始著手，也有很高的機率會半途受挫。

首先要從最前面的史萊姆開始。

不過當然，我就算是從史萊姆開始製作，也從來不曾完成整個作品。

★　★　★

那麼，教科書上記載的水系統初級魔術共有以下這些：

水彈：射出水球，Water Ball。
水盾：從地面噴出水形成屏障，Water Shield。
水箭：射出約二十公分的水箭，Water Arrow。
冰擊：用冰塊砸向對手，Ice Smash。
冰刃：製作出冰劍，Ice Blade。

我全都試了一遍。
雖然統稱為初級，但使用的魔力卻各不相同。
如果把水彈設定為一，那麼大概是二到二十左右。

基本上我都練習水系。
因為萬一火系引起火災那可就危險了。
講到火災，消耗魔力似乎和溫度有關，越往上級，感覺冰相關的魔術就越多。
然而無論是水彈還是水箭，明明書上寫著會射出，但是我施展魔術後卻沒有移動。
為什麼呢？是我哪裡弄錯了什麼嗎……
唔～搞不懂。
魔術教科書上也有寫到關於魔術大小和速度的內容。

該不會是要在製造出水彈後，繼續利用魔力進行操作吧？

我來試試看。

「哦？」

水彈變大了。

「哦哦！」

嘩啦！

「哎呀……」

可是，果然還是會直接墜地。

之後，我嘗試各種做法讓水彈變大或變小。

還同時製作出兩顆水彈。

試著改變它們各自的大小。

雖然有新的發現，但依舊完全沒有要移動的跡象。

由於火和風不受重力影響，所以能浮在空中，然而最後在過了一定時間之後還是會消失。

我還試著用風推動懸空的火球，不過總覺得哪裡不對。

唔……

★★★

兩個月後。

經過多番從錯誤中求取經驗後，我總算成功射出水彈。

而這成為契機，讓我得以大致理解詠唱的原理。

詠唱其實有某種固定的步驟。

產生↓設定大小↓設定射出速度↓發動。

在這過程中，必須先由施法者本身設定好大小和設定速度後，術式才會完成。

換句話說，詠唱之後……

一、首先會自動創造出想使用魔術的形狀。

二、之後要在一定時間內追加魔力，調整大小。

三、調整完大小後，同樣必須在一定時間內追加魔力，調整射出速度。

四、準備時間結束後，魔術就會離開施法者的手，自動發射出去。

也就是會進行這樣的流程。

我想……大概沒錯吧。

訣竅就是要在詠唱後分兩次追加魔力。

如果沒有調整大小，就無法進行調節射出速度的步驟。
難怪無論我怎麼嘗試要把水彈射出去，都只會變大而不會發生其他事情。

順道一提，如果使用無詠唱方式來施展魔術，必須靠自己完成所有步驟。
雖然聽起來很麻煩，但這樣做可以縮短設定大小與射出速度時必須等待的時間。
也就是實際射出的時間能夠比詠唱時快上許多。
此外，無詠唱時連「產生」這部分也能夠進行調整。
例如雖然教科書上沒有寫，但可以讓水彈結凍變成冰彈。
只要繼續練習，大概可以使出皇者不死鳥（一臉得意）吧？（註：漫畫《勇者鬥惡龍　達伊的大冒險》中大魔王巴恩的必殺技）
也就是根據構想，要怎麼應用都行。
這下有趣了！
……不過，基礎依然很重要。
等魔力總量更增加之後，再來進行各式實驗吧。
「要提昇魔力總量」。
「用無詠唱方式使用魔術時要如呼吸般自然」。
接下來的課題就是這兩項。

因為突然訂下太大的目標會很容易遭受挫折。
必須從小地方著手，腳踏實地往前進。
好～我要加油！
就這樣，我過著每天都持續練習初級魔術直到快昏倒才停手的日子。

第四話「師傅」

三歲了。
直到最近，我總算弄清楚雙親的全名。
父親是保羅．格雷拉特。
母親是塞妮絲．格雷拉特。
我的名字則是魯迪烏斯．格雷拉特。
是格雷拉特家的長男。
雖然被命名為魯迪烏斯，但父母稱呼對方時都不叫名字，叫我的時候則是省略成「魯迪」，
所以我花了一段時間才總算記住彼此的全名。

★★★

「哎呀呀，魯迪真喜歡書呢。」

看到我去到哪裡都帶著書，塞妮絲笑著說了這種話。

他們並沒有指責我帶著書的行動。

而且吃飯時我也有把書放到旁邊去，不過，我不會在家人面前看魔術教科書。

雖然也不是打著「真人不露相」的主意，但我目前還不確定魔術在這個世界中處於什麼位置。

在生前的世界，中世時期曾經發生過「狩獵魔女」。

就是使用魔法的人會被視為異端處以火刑的那段歷史。

雖然在這種書會被當成實用書出版的這個世界裡，再怎麼說魔術應該都不至於被視為異端，不過也有可能並沒有受到正面的對待。

說不定這裡的常識是：「必須等長大後才能使用魔術」。

畢竟這是使用過頭就會昏倒的危險行為。

也許會被視為對成長有害。

由於我有這些考量，所以在家人面前總是隱瞞著自己會魔術的事實。

只是我曾經對著窗外發射魔術，說不定早就已經穿幫了。

這也沒辦法嘛，因為我很想試試射出時到底能到達多快的速度。

女僕（好像叫作莉莉雅小姐）偶爾會帶著嚴峻表情看我，不過雙親依舊保持著隨性愉快的態度，應該沒問題吧。

要是遭到阻止是可以算了，不過既然有成長期，我不想白白錯過。

必須趁現在能練多少就練多少。

★ ★ ★

我的魔術特訓到頭來還是劃下了句點。

那是在某一天的下午。

因為魔力量也增加了不少，打算試驗中級魔法的我抱著不當一回事的心情詠唱了水砲魔術。

大小：一，速度：○。

我原本以為會像往常那樣把水灌進桶子裡。

頂多會有點滿出來吧？

結果卻放出了水量驚人的水柱，還把牆壁打出一個大洞。

我茫然地看著從大洞邊緣一顆顆滴滴答答往下掉的水滴。

即使整個人都嚇傻了，但我卻沒有產生試圖補救的念頭。

牆上開了個洞，我用了魔術的事情肯定會曝光。

這已經是無可挽回的事態了。

我這個人不做無謂掙扎。

「出了什麼事！嗚哇……」

頭一個衝進來的人是保羅。

看到牆壁上的大洞後，他驚訝地張大嘴巴。

「咦……這……這是怎麼……魯迪，你沒事吧……？」

保羅真是個好人。

明明怎麼看犯人都是我，他仍舊如此關心我的安危。

到現在他還在喃喃說著「是魔物……嗎？不，這附近應該……」之類的話，用心警戒著周圍。

「哎呀呀……」

接著塞妮絲也進入房間。

她比父親冷靜。

先按照順序檢查被打壞的牆壁和地板上的積水等狀況後……

「哎呀……？」

塞妮絲很快就注意到我翻開的魔術教科書內頁。

接著她先看看我再看看魔術教科書，然後來到我面前蹲下，以溫柔的表情看向我的眼睛。

好恐怖。

她的眼裡根本沒有笑意。

我拚命把一直很想亂移的視線放到塞妮絲身上。

在尼特族時代我學到一件事，就是做錯事時就算豁出去擺爛，也只會讓事態更加惡化。

所以，我現在絕對不能轉開視線。

這種時候最需要誠懇的態度。

光是看著對方不轉開視線，看起來就會顯得誠懇。

不管內心抱著什麼想法，至少表面上誠懇。

「魯迪，你剛剛是不是唸出了這本書上寫的內容？」

「對不起。」

我點頭承認並開口道歉。

做了壞事時，最好是乾脆認錯。

除了我之外，沒有其他人能造成這種狀況。

立刻會被拆穿的謊言只會造成信譽流失。

我生前就是像那樣不斷隨便撒謊，才會越來越不受信賴。

不能重蹈覆轍。

「不，可是我說……這是中級……」

「哇啊！親愛的，你聽到了嗎！我們家的孩子果然是天才！」

塞妮絲的喊叫聲蓋過了保羅的發言。

她雙手交握，似乎很高興地跳來跳去。

真有精神。

我的謝罪被無視了嗎？

「不，我說老婆……我們明明還沒有教過他認字……」

「現在立刻去聘請家庭教師吧！這孩子將來一定會成為了不起的魔術師！」

保羅感到很困惑，塞妮絲則是興高采烈。

我能夠使用魔術似乎讓塞妮絲開心得不得了。

「小孩子或許不可以使用魔術」的推論看來只不過是我在杞人憂天。

莉莉雅則是平靜又沉默地開始打掃。

這個女僕大概之前就已經發現……或是隱約有察覺到我能夠使用魔術吧。

只是因為這並非什麼壞事，所以也沒有特別介意。

也有可能是因為她想看看我雙親歡天喜地的反應。

「親愛的，明天就去羅亞鎮上貼出求才告示吧！必須好好培育孩子的才能！」

塞妮絲自顧自地非常興奮，嚷著些真是天才或很有才能之類的感想。

只不過是突然用出魔法，就把我捧成天才。

這該說是為人父母的偏袒心呢？還是能使用中級魔術真的很了不起？我無法判斷。

不，果然只是因為溺愛孩子的心態吧。

我從來不曾在塞妮絲面前表現出要使用魔法的舉動。

可是她剛剛卻說了「果然」，這代表她從以前就認為我有可能是天才。

明明沒有根據……

噢，不對。

的確有跡可循。

我有經常自言自語的傾向。

就算是在看書，也會嘀嘀咕咕地唸出喜歡的詞語或句子。

來到這世界之後，還是會邊看書邊低聲自言自語。

一開始是用日文，等到學會語言後，就下意識地換成了這世界的語言。

聽到我在自言自語，塞妮絲會以「魯迪，那個是——」來開頭，教導我各個詞語的正確意義。

多虧她這樣做，我才能記住許多這世界的固有名詞。算了，這件事先放一邊去。

雖然沒有人針對這事講過什麼，但其實我是靠自學來學會這世界的文字。

甚至連開口說話都沒人教過我。

看在雙親的眼裡，應該會認定情況是：「自己的小孩連教都沒教過，卻能夠看懂文字並把書上內容唸出來」吧？

這果然是天才般的表現。

如果自己的小孩能做到這種事情，我也會認為是天才。

生前，我弟出生時也是這種情況。

他成長得很快，不管做什麼都比我和我哥還早學會。

像是開口說話，或是靠雙腳走路。

所謂父母就是一種樂觀的生物，只要自己的小孩做了什麼，就算是根本沒什麼大不了的事情，也會誇口成「這孩子說不定是天才呢」。

算了，雖說我是個高中就輟學的垃圾尼特族，但精神年齡已經超過三十歲。

要是沒讓父母覺得是個天才那也太慘。
畢竟實際年齡可是十倍啊！十倍！
「親愛的！要找家庭教師！羅亞那邊一定可以找到優秀的魔術老師！」
而不管哪裡的父母似乎都一樣，只要發現孩子似乎具備才能，就會想要給予英才教育。
我生前的父母也是把弟弟吹捧成天才，讓他去學了很多才藝。
所以呢，塞妮絲提議要幫我找個魔術師來當家庭教師。
但保羅卻表示反對。
「等一下，不是說好生男孩的話就要讓他成為劍士嗎？」
男孩就讓他學劍，女孩則是教她魔術。
他們似乎在孩子出生前定下了這種約定。
「可是他才三歲就能夠發動中級魔術！只要好好鍛鍊，一定可以成為了不起的魔術師！」
「但約定就該遵守吧！」
「講什麼約定該遵守！你不也總是違背約定嗎！」
「我的事情和現在的狀況無關吧！」
兩人當場開始夫妻吵架。
莉莉雅繼續平靜地掃除。
「讓他上午學魔術，下午學劍術就可以了吧？」

雖然他們爭執了好一陣子，但打掃完的莉莉雅嘆著氣如此提議後，這場口頭戰爭也就平息下來。

而這兩個笨蛋父母完全沒考量到小孩的心情，直接逼我學這學那。

算了，反正我本來就決定要拿出真本事過日子，這樣也沒什麼不好。

★★★

如此這般，我們家決定聘用一名家庭教師。

貴族子弟的家庭教師似乎是收入相當不錯的工作。

保羅是這一帶少有的騎士，基本上似乎也有著下級貴族的身分，所以能夠提供和行情差不多的薪水。

不過，畢竟這裡在國內也是位處角落的鄉下地方。

換句話說算是邊境，別說優秀的人才，連魔術師都很罕見。

即使向魔術師公會和冒險者公會提出委託，也不知道會不會有人應聘……

原本好像在擔心這種事情，結果卻迅速地找到人，而且明天就會過來。

因為這村莊裡沒有旅舍，對方好像要住在我們家。

根據雙親的預測，來者應該是已經退休的冒險者。

年輕人不會想來這種鄉下地方，而且宮廷魔術師在王都那邊多的是工作。

在這個世界中，規定只有上級以上的魔術師有資格擔任魔術教師。

換句話說以冒險者的排行來看，大約是中上或是更高的位置。

所以應該會是那種長年以魔術師身分鑽研魔術的中年人或老年人……

長著一把鬍子，看起來就很有魔術師氣質的人會來吧。

「我叫洛琪希，請多指教。」

然而，和預測相反，出現的人是一個還很年輕的少女。

年紀大概是國中生左右吧？

身上套著魔術師風格的褐色長袍，水藍色頭髮綁成麻花辮，表現出的模樣可以用嬌小端正來形容。

沒有被陽光曬黑的雪白肌膚，似乎有點想睡的微瞇雙眼，看起來頗為冷淡的緊閉嘴角。即使沒有戴著眼鏡，給人的印象卻很像是那種整天窩在圖書館裡的文學系少女。

手上只有一個皮包，以及一根看起來就像是魔術師持有物品的杖。

我們全家三人一起出面迎接這樣的她。

「……」
「……」
看清她的模樣後，雙親似乎驚訝得說不出話。
這也難怪。
眼前的人物和預測差距太大。
畢竟是要僱用家庭教師，他們應該想像了一個經歷過不少歲月的人物吧。
但是來的人卻這麼嬌小。
當然啦，看在曾經全破許多遊戲的我眼中，蘿莉魔術師並不是特別不可思議的存在。
蘿莉、沒好氣的半瞇眼、冷淡的態度。
湊齊三個要素的她很完美。
請務必成為我老婆。
「啊……呃……妳就是……那個……要當家庭教師的人？」
「那個……妳看起來……相當……」
因為雙親一副難以啟口的樣子，所以我直截了當地幫忙說了：
「看起來很小。」
「你沒有資格說我小。」
她也不客氣地反駁。

這是不是讓她感到自卑的事情呢？

雖然我不是指她的胸部。

洛琪希嘆了一口氣。

「唉……那麼，我要教導的學生在哪裡？」

她環視周圍發問。

「啊，就是這孩子。」

塞妮絲把懷裡的我介紹給她。

我大方地眨著一邊眼睛打招呼。

於是，洛琪希先睜大雙眼，才吐出一口嘆息……

「唉……偶爾就是會有這種人呢……只不過是成長稍微快了一點，就認定自己小孩很有才能的笨蛋父母……」

然後喃喃這麼說道。

我聽得到喔！洛琪希小姐！

不過算了，我也非常同意這句評論。

「有什麼問題嗎？」

「不。但是，我並不認為令郎可以理解魔術的理論。」

「沒問題，我們家的小魯迪非常優秀！」

塞妮絲回以笨蛋父母會講的偏袒發言。
洛琪希又嘆了口氣。
「唉……我明白了，我就盡力而為吧。」
她似乎是判斷即使說再多也是白費力氣。
就這樣，我開始上午接受洛琪希的課程，下午向保羅學習劍術的生活。

★　★　★

「那麼，就從這本魔術教科書……不，在這之前，先來確認魯迪你能使用多少魔術吧。」
在第一堂課中，洛琪希把我帶到了院子裡。
魔術課程似乎主要是在戶外進行。
她很清楚如果在房子裡隨便使用魔法會有什麼後果。
不會像我那樣把牆壁打壞。
「我先示範。願偉大的水之加護降臨汝所求之處，清涼之淺流在此顯現──『Water Ball』。」
在詠唱的同時，洛琪希手掌前出現一顆籃球般大的水彈。
接著水彈以高速飛向院子裡的某一棵樹。

啪嘰。

水彈輕鬆地打斷樹幹，接著淋濕柵欄。

大概是大小：三，速度：四左右吧。

「你覺得如何？」

「那是母親大人細心培育的樹木，我想她會生氣。」

「咦？真的嗎？」

「我想不會有錯。」

保羅有一次揮劍時砍斷了樹枝，那時塞妮絲暴怒的樣子真的很嚇人。

「那可不好，得想辦法補救……！」

洛琪希慌慌張張靠近那棵樹，使勁立起倒下的樹幹。

她面紅耳赤地繼續撐住樹幹，然後……

「嗚嗚嗚……神聖之力是香醇之糧，賜予失去氣力之人再次站起來的力量吧——

『Healing』。」

詠唱。

樹幹逐步恢復成折斷前的模樣。

哦～了不起。

總之來稱讚她一下。

「呼……」

「原來老師妳也能使用治癒魔術嗎！」

「嗯？是啊，到中級為止都沒有問題。」

「好厲害！真的好厲害！」

「不，只要好好訓練，每個人都能達到這種程度。」

雖然語氣有點冷淡，但她的嘴角已經很不爭氣地往上揚，還有點得意地抽動鼻子，似乎心情很好。

也沒用什麼心機只是連連稱讚好厲害就能得到這種反應，看來她很好對付。

「那麼，魯迪。你試試看。」

「是。」

我舉起手……

糟了，將近一年都沒有詠唱過水彈的咒語，現在想不起來。

洛琪希剛剛才說過吧？呃……是什麼……

「那個……要詠唱的內容是什麼？」

「是『願偉大的水之加護降臨汝所求之處，清涼之淺流在此顯現』。」

洛琪希淡淡回答，這種狀況似乎在她的意料之中。

然而，即使她這樣平靜回答，但只講一遍我無法記住。

「願偉大的水之加護……Water Ball。」

由於想不起來，所以我省略了後面。

我設定自己的水彈要比洛琪希剛才的還要小一點，速度也慢一點。

畢竟要是做得比她還大，或許她會鬧起彆扭。

我對年紀比自己小的女孩子很寬大。

籃球大小的水彈發出「咻」的一聲，俐落地往前射出。

樹木啪嘰倒下。

洛琪希露出複雜的表情看著結果。

「你省略了詠唱吧？」

「是的。」

這樣有哪裡不行嗎？

話說起來，魔術教科書上也沒有記載無詠唱的方法。

雖然我沒想太多就這樣用，該不會實際上觸犯了什麼禁忌吧？

或者是她會罵說像我這種傢伙還得再練個十年才有資格省略詠唱……

萬一發生那種情況，我是不是應該反駁「有什麼關係，誰要講那麼遜的詠唱」呢？

「你平常也會省略詠唱嗎？」

「我平常……都不詠唱。」

雖然猶豫了一下該怎麼回答，但最後還是講了實話。
畢竟接下來她要教導我魔術，遲早會被發現。
「不詠唱？」
洛琪希睜大雙眼，帶著懷疑的表情往下看著我。
「……這樣啊，平常都不詠唱嗎？原來如此，現在會感覺疲勞嗎？」
然而，她立刻裝出若無其事的模樣。
「不會，沒問題。」
「這樣啊。水彈的大小和威力都無可挑剔。」
「謝謝。」
洛琪希到此終於露出微笑。
她拉起嘴角，然後低聲說道：
「……感覺值得好好鍛鍊呢。」
就說我都聽到了啦。
「那麼，立刻進行下一個魔術……」
當洛琪希興奮地準備翻開魔術教科書時——
「啊啊啊！」
背後傳來尖叫聲。

原來是過來看情況的塞妮絲。

她手上盛著飲料的托盤掉落在地，舉起雙手掩住嘴，看向斷掉的樹木。

一臉悲傷。

下一瞬間，憤怒的神色籠罩她的面孔。

啊，慘了。

塞妮絲跨著大步走來，逼近洛琪希。

「洛琪希小姐！是妳吧！希望妳不要把我們家的樹當實驗品！」

「咦！可是這是魯迪做的……」

「就算實際動手的人是魯迪，叫他做的人也是妳吧！」

洛琪希受到宛如被雷劈中般的衝擊，翻著白眼頹喪地垂下腦袋。

是啦，把責任推給三歲小孩當然不行吧。

「是……您說得對。」

「我希望這種事情不會再發生！」

「是，真的非常抱歉，夫人……」

之後，塞妮絲用治療術華麗地治好那棵樹，轉身走回家中。

「居然這麼快就犯錯……」

「老師……」

「哈哈……明天大概會被解僱吧……」

洛琪希坐到地上，表現出一副消沉到很想用手指在地上亂畫圈的模樣。

怎麼如此經不起打擊……

我拍拍她的肩膀。

「……」

「魯迪？」

雖然拍是拍了，但將近二十年沒跟別人好好說話的我不知道該怎麼安慰她。

對不起，我真的想不出這種時候該說什麼才好……

不，冷靜點。

快點動腦想想，十八禁遊戲的主角在這種時候會講什麼安慰對方？

對了，的確是這種感覺……

「老師剛才並沒有犯錯。」

「魯……魯迪……？」

「而是累積了經驗。」

洛琪希猛然一驚看向我。

「說……說得也對，謝謝。」

「不客氣，那麼請繼續上課吧。」

就這樣，我在第一天就和洛琪希建立起一點點的良好關係。

★ ★ ★

下午和保羅一起鍛鍊。
由於沒有適合我體型的木劍，基本上是以鍛鍊身體為主。
例如跑步、伏地挺身、仰臥起坐等等。
保羅似乎是打算把「總之一開始得活動身體」這點做為鍛鍊我的主要計畫。
當他去工作而無法指導我時，也吩咐了只有基礎體力訓練必須每天進行不可間斷。
關於這部分，似乎在哪個世界都一樣。
加油吧。

憑小孩子的體力也不可能把整個下午都拿來鍛鍊，因此劍術大概只練到兩三點就會結束。
到吃晚飯前的這段時間，我會用來把魔力耗盡。
所謂魔術這種東西，一旦進行「變化大小」的動作，必須消耗的魔力就會改變。
例如把詠唱時沒有特別設定大小的情況假設為一，之後越是加大，消耗的魔力也會加速增長。

這就是「質量守恆定律」。

可是，不知道為什麼反過來設定得越小時，消耗魔力也一樣會增加。

這個理論我實在想不透。

比起製造出拳頭大的水彈，產生一滴水時反而會消耗高上許多的魔力。

真是奇怪的現象。

我從之前就感到不解，然而問過洛琪希之後，她只回答「就是會這樣」。

似乎尚未找出解釋。

雖然我不明白箇中原理。

不過對於訓練來說，這種定律倒也不壞。

由於最近的魔力總量已經增加了不少，除非使用大型魔術，根本無法完全耗盡。

如果只是想使用魔力，其實只要持續全力放出直到用光為止就可以了。

然而，也差不多該學著提昇應用能力了吧。

因此我決定盡可能練習精細的作業。

也就是要用魔術來進行小規模、精細，而且複雜的事情。

例如用冰來製作雕像，或是指尖點火後在板子上寫字。

還有把庭院裡的土壤按照成分分開……

也試過練習上鎖或開鎖。

土魔術對金屬和礦物似乎也能造成一定程度的影響。

只是金屬如果是越硬的種類，要消耗的魔力就會越多。

果然要讓堅硬物體變化似乎是一件很困難的事情。

還有操作的對象越小，以及越想做出複雜精細又正確迅速的動作，都會讓消耗的魔力量變得更加龐大。

全力投出棒球。

慢慢讓線穿過針孔。

感覺上這兩個動作會消耗差不多的魔力。

此外，我還試著同時使用不同系統的魔術。

和同時使用同系統魔術相比，感覺要耗費三倍以上的魔力。

換句話說，只要同時發動兩種系統的魔術，而且輕微精細迅速正確地去操作，就能輕鬆耗掉所有魔力。

這種日子持續一陣子後——

即使連續使用魔術半天以上，我的魔力也完全沒有要耗盡的跡象。

「這種程度已經夠了吧」的念頭冒了出來。

我聽到內心懶惰鬼的部分在輕聲訴說：「差不多可以收工嘍。」

每次遇到這種情況，我就會斥責自己。

就像體能訓練，只要稍微偷懶體力就會衰退。

或許魔力也是一樣，即使暫時增加，依然不可以疏於訓練。

★★★

有天夜裡我正在使用魔術，就聽到某處傳來吱吱嘎嘎嗯嗯啊啊這種讓人心亂的聲音。

其實也不用說什麼某處，當然是來自保羅和塞妮絲的寢室。

還真是精力旺盛啊。

看樣子不久之後，我的弟弟或妹妹就會誕生。

希望是個妹妹。

嗯，我不要弟弟。

弟弟對準我的心愛電腦全力揮擊球棒的身影還殘留在我的腦裡。

我才不要弟弟。

最好是個可愛的妹妹。

「真受不了……」

如果是生前，要是聽到這種讓人心煩意亂的聲音，我會立刻使出敲牆咚或敲地板咚逼迫對方安靜。

所以姊姊再也不曾帶男友回家。

真懷念。

當時我認為做出這種行為的人們是讓我的世界陷入全面漆黑的巨大邪惡。

就像是那些霸凌我的傢伙們正露出一副蠢樣，從我絕對無法到達的領域發出嘲笑，讓一股無處發洩的怒氣湧上心頭。

感覺那些把我推向這個黑暗痛苦深淵的凶手們正冷嘲熱諷，說著：「原來你還待在那種地方啊？」

沒有比這更屈辱可恨的事情。

不過，最近不一樣了。

不知道是因為身體成了小孩，還是因為在炒飯的人是自己的父母，或者是因為我本身正在朝著未來努力。

我能夠以非常寬容正面的心情旁聽他們兩人辦事。

呵，我總算也成為真正的大人了……

光聽聲音，就能大致了解狀況。

看來保羅似乎相當能幹。

塞妮絲很快就會喘著氣陷入被擊倒的狀態，但保羅卻會說什麼「重頭戲接下來才要開始」，然後繼續進攻。

這傢伙真像是凌辱類色情遊戲的主角。

無窮無盡的精力……

唔！該不會身為保羅兒子的我的「小弟弟」也蘊藏著這樣的力量？

快點覺醒吧！

快點給我女主角！

我也需要粉紅色的劇情發展！

……就這樣，一開始我也很興奮，不過最近已經雲淡風輕了，還能夠平靜地走過響著嘎吱聲的走廊前往廁所。

順道一提，每當我經過他們房間時聲音就會瞬間停止，其實還挺有趣。

我那天是為了提醒他們家裡還有已經會走路的兒子，所以才去廁所。

好，今天就來跟他們講兩句話吧。

來去問他們……爸爸、媽媽，你們光著身子在做什麼？

我好期待他們會講什麼藉口，嘿嘿嘿……
打著這種主意的我躡手躡腳離開房間。

才發現那裡已經有客人了。
那個藍髮的少女正坐在昏暗的走廊中，從門縫窺探寢室內部。
她的臉上帶著紅暈，壓抑著有點急促的呼吸，不過視線卻緊盯著房間裡面。
藏在長袍下的手正表現出某種讓人想入非非的動作。
我靜靜地回到自己的房間。
洛琪希也是個處於青春期的少女。
即使她沉迷於那樣的行為，我還是可以寬容到當作沒看見。
……話是這樣說啦。
哎呀～真是賞心悅目的光景。

★
★
★

過了四個月左右。
我已經能夠使用到中級為止的魔術。

所以開始和洛琪希一起進行晚上的課程。
別誤會，即使說是「晚上」，也不是要做什麼見不得人的行為喔。
主要是學習各式雜學。

洛琪希是個好老師。
她不會拘泥於教學計畫。
而是會配合我的理解程度，逐漸提昇上課內容。
她對學生有很高的對應能力。
會準備好教學用書，從裡面出題，如果我能回答就繼續進行下一步。
要是我不懂，她會仔細講解。
雖然只是這樣，但我卻覺得世界變得越來越寬廣。
生前，在我哥要應考的時期，家裡也請過家庭教師。
有次心血來潮的我也跟著旁聽。
然而內容卻和學校課程沒什麼差別。
相較之下，洛琪希的教學不但好懂而且也很有趣。
是一種有來有往的互動課程。
或者該說，居然可以讓開始對性產生興趣的國中生來擔任自己的老師。

這種情境真是太棒了。
如果是生前的我，光靠這種妄想就可以射個三次。

★★★

「老師，為什麼魔術只有戰鬥用的？」
「也不是只有戰鬥用……」
對於我突然提出的疑問，洛琪希也會確實回答。
「這個嘛，該從哪裡開始說明呢……首先魔術這種東西，據說是古代長耳族（高等精靈）創造的。」
喔喔！精靈！
果然有嗎！
那些一頭金髮穿著綠色系服裝手持弓箭還會被觸手纏住的人！
不不，冷靜點。
或許這裡的精靈和我的知識並不同。
「長耳族（精靈）是？」
「嗯，長耳族（精靈）是現在居住在米里斯大陸北方的種族。」
根據洛琪希的描述……

很久以前，在人魔大戰之前，世界還處於混沌狀態且戰火不斷的時期，古代長耳族(高等精靈)曾經和森靈們對話，操縱風和土抵禦外敵。傳說這就是歷史上最古老的魔術。

「哦～原來還真的有歷史可循啊。」

「當然。」

洛琪希點了點頭，像是要我別扯遠話題。

「現在的魔術，是人族在戰爭中模仿長耳族(精靈)的魔術並予以型態化後才得到的技術。因為人族特別擅長這部分。」

「人族特別擅長這方面嗎？」

「嗯，每次創造出新事物的都是人族。」

看來人族是喜歡發明的種族。

「只有戰鬥用魔術的原因，雖然主要是因為至今都只有在戰鬥中才會用到魔術……不過還有個理由是即使不依靠魔術，也只需使用身邊的東西就能夠達到目的。」

「身邊的東西是指？」

「例如若是需要照明，使用蠟燭或提燈就行了。」

原來如此，是那種常見的設定啊。

就是「比起魔術，使用道具更為簡單」。

的確很合理。

不過呢，如果可以省去詠唱，就會比使用道具更方便了。

「而且，也不是所有魔術都是戰鬥用。例如只要使用召喚魔術，也能召喚出擁有需要能力的魔獸或精怪魂靈。」

「召喚魔術！以後會教我嗎！」

「不，因為我無法使用。而且，講到道具，還有魔道具這種東西。」

魔道具嗎？

看字面就能想像出大概意思。

「魔道具是什麼？」

「是具備特殊效果的道具，內部刻有魔法陣，不是魔術師也能夠使用。不過，有的魔道具會消耗大量的魔力。」

「原來如此。」

大致上和推測相同。

話說回來，洛琪希無法使用召喚魔術實在太可惜了。

攻擊魔術和治癒魔術我還能大致想通原理，但召喚魔術我根本完全不知道該怎麼做。

話說回來，一口氣增加了好多沒聽過的名詞。

人魔大戰、魔獸、精怪魂靈……

雖然基本上知道意思，但還是問清楚好了。

「老師，魔獸和魔物有什麼不同？」
「魔獸和魔物並沒有什麼差別。」
所謂魔物，基本上是過去就存在的動物突然變異而產生。
如果這種生物幸運地增加數量，成為固定種族，經歷許多世代後產生智能，那就是魔獸。
不過呢，那些在擁有智能後依然會襲擊人類的魔獸似乎經常被稱為魔物。
據說也有魔獸經過好幾代後反而變凶暴，最後退化為魔物的案例。
似乎沒有具體的分界線。
魔物：襲擊人類。
魔獸：不襲擊人類。
這種觀念大概可以吧？
「這樣說來，魔族是魔物進化而成的種族嗎？」
「完全不是，魔族這種講法是人族在很久以前和魔族交戰的時期，給敵方起的名稱。」
「就是剛剛提到的人魔大戰嗎？」
「對，第一次戰爭大概是七千年前吧。」
「還真是久得讓人難以想像……」
沒想到這個世界的歷史居然這麼長。
「其實也不是那麼久以前的過去，因為四百年前，人族和魔族之間也曾發生戰爭。自從在

「七千年前起頭後，人族和魔族就一直斷斷續續地交戰。」

就算是四百年前也已經夠久了，居然對立了七千年以上。

關係真差。

「噢……原來如此。那麼，結果魔族到底是指？」

「要定義魔族相當困難，不過……」

根據洛琪希的講法，「在上一次戰爭中加入魔族陣營的種族」是最容易理解的定義。

不過，好像也有例外。

「啊，順帶一提，我也是魔族。」

「噢噢，原來是這樣。」

魔族在我家擔任家庭教師。

意思是，現在並沒有發生戰爭嘍？

和平至上。

「嗯，正式講法是魔大陸比耶寇亞地方的米格路德族。魯迪你的父母在看到我時不是吃了一驚嗎？」

「我以為那是因為老師妳很小。」

「我才不小。」

洛琪希一臉不高興地立刻反駁，看來她對於自己「很小」這點感到很介意。

「那是因為看到我的頭髮。」

「頭髮？」

我覺得是很漂亮的藍髮啊。

「一般相信，在魔族中髮色越接近綠色的種族越凶暴危險。尤其是我的頭髮會因為受光角度而看起來像是綠色……」

綠色？

在這世界是該警戒的顏色嗎？

洛琪希的頭髮是讓人眼睛一亮的水藍色。

她一邊捲著自己的瀏海，一邊為我說明。

這動作真可愛。

在日本，講到水藍色的頭髮，肯定是龐克族或大嬸。

即使看到那種人，我也只會因為過於不自然而感到厭惡。

然而，洛琪希的藍髮完全沒有不自然之處，所以我也不會產生厭惡感。

反而覺得和她那種有點愛睏的眼睛很搭。

這組合甚至完美到如果是十八禁遊戲的主要女角色，我就會把她列為頭一個攻略對象。

「我覺得老師的頭髮很漂亮。」

「……謝謝你，不過這種話要等將來有喜歡的女孩子時再對她說喔。」

「我喜歡老師啊。」

我毫不猶豫地回應。

我當然不會猶豫。

我會對每一個可愛女孩都開口搭訕。

「這樣啊，那麼等再過十幾年之後，如果你的想法還是沒變就再講一次吧。」

「好的，老師。」

雖然被隨便應付了過去，但我可沒有看漏洛琪希那有點開心的表情。

我不知道用成人遊戲鍛鍊的好男人技能在異世界能通用到什麼程度。

不過，看樣子似乎不是完全沒意義。

就連在日本已經被用爛，聽起來活像笑話的難為情台詞，在這個世界也會成為導火線，帶來熱情又獨特的戀情。

嗯，我自己也不知道這是在鬼扯什麼。

洛琪希這麼可愛又會發騷，真希望先豎好旗。

不過我們年齡差距不小呢。

將來會怎樣呢……

「那麼回到原來的話題，認為髮色越鮮艷越危險的講法根本是迷信。」

「啊……是迷信嗎？」

害我還認真思考這是不是警戒色之類的，真是浪費力氣和時間。

「嗯。在巴比諾斯地方有一支髮色為綠色，名叫斯佩路德族的魔族。由於他們在四百年前的戰爭中瘋狂大鬧，所以才開始流傳這樣的說法。因此，其實髮色和危險與否並沒有關係。」

「瘋狂大鬧啊……」

「嗯。由於他們在僅有十幾年的戰爭中放縱鬧事，到了被敵我雙方的所有種族都厭惡嫌棄的地步。是一支危險到在戰爭結束後，甚至在迫害下被趕出魔大陸的種族。」

意思是戰爭結束後被自己人驅逐出境嗎？

真誇張。

「被討厭成那樣啊……」

「就是那樣。」

「他們做了什麼？」

「這個嘛，我也不是很清楚……只是從小就聽說過很多軼事，例如他們襲擊同為魔族的聚落，殺光女人小孩；或是在戰場上全滅敵人後，連友軍也一起被全部消滅；還有要是晚上熬夜不睡覺，斯佩路德族就會來吃人之類……」

這簡直就是虎〇婆嘛。

「由於米格路德族是和斯佩路德族相近的種族，所以我有聽說過以前曾受到滿嚴重的偏見。我想不久之後，你的雙親也會提醒你這件事……但總之現在要仔細聽。」

洛琪希先說了這句話當開場。

「絕對不要接近擁有翠綠色頭髮，額頭上還有紅寶石般物體的種族。即使逼不得已必須交談，也絕對不可以惹怒對方。」

翠綠色頭髮，額頭上還有紅寶石。

這似乎是斯佩路德族的特徵。

「要是惹怒對方會怎樣？」

「或許全家都會被殺光。」

「翠綠色頭髮和額頭有紅寶石……對吧？」

「對，他們可以靠額頭上的那東西來觀察魔力流動，等於是第三隻眼睛。」

「斯佩路德族該不會只有女性吧？」

「咦？沒那回事，很正常的有男有女。」

「額頭上的寶石會因為做了什麼事而變成藍色嗎？」

「咦？不會變色，至少我沒聽過這種事情。」

這是怎麼了？洛琪希不解地歪著頭。

至於把想問的事情都問清楚的我則感到很滿足。（註：魯迪是拿成人遊戲「Rance」系列裡的種族「卡拉（カラー）」的一些特徵來發問）

「不過，既然特徵這麼明顯，應該很容易辨認吧。」

「嗯，要是遇到，請擺出若無其事的態度，再裝作還有其他事情逃離現場。因為突然逃跑有可能會刺激到對方。」

就像是一看到不良少年立刻拔腿就跑，對方反而會莫名其妙追上來糾纏吧。

這我有經驗。

「就算必須交談，也只要尊重對方就沒問題了吧？」

「只要避免明顯的侮辱言行，我想大概沒問題。但是，人族和魔族在常識上有許多不同之處，無法預測講了什麼話會成為讓對方發怒的契機。所以最好也不要講出那種拐著彎的挖苦諷刺。」

唔，他們是不是脾氣非常暴躁的種族呢？

不過剛剛雖然有提過他們是受迫害的那一方，但我更覺得是受眾人畏懼的對象。

應該說是「萬一惹毛那些傢伙會很不妙，所以乾脆希望他們別在自己身邊出現」的心態？真恐怖啊。

我不認為要是被殺掉，自己還能夠再重來第二次、第三次人生。

還是極力避免接近他們吧。

斯佩路德族是高危險分子。

我把這點深深記在腦海中。

★★★

過了一年左右。

魔術的課程很順利。

最近，所有系統都能夠使用到上級了。

當然是無詠唱。

和我平常的訓練相比，上級魔術就跟挖鼻孔一樣簡單。

或者該說上級魔術有很多是範圍攻擊，總覺得用起來頗受限制。

例如讓大範圍地區下雨……這有什麼用？

本來我這樣想，後來聽說在一段都放晴沒雨的日子後，洛琪希好像有前往麥田降雨，還獲得村人們的大力頌揚。

由於我待在家裡，這是從保羅口裡聽來的消息。

除此之外，洛琪希似乎還接受村人的其他委託，使用魔術來解決各種問題。

「翻土時發現下面埋著很大的石頭，幫幫我吧洛琪希A夢！」

「包在我身上，沉〇粉！」

「那魔術是什麼？」

「這是先用水魔術打溼石頭周圍的土壤，再用土魔術把土壤變成泥巴的混合魔術。」

「哇！好厲害！岩石漸漸沉入地下了！」

「呼呼呼～」

就是這種感覺！（大概）

「不愧是老師，真是樂於助人呢。」

「助人？不，這是在賺點零用錢。」

「有收錢啊？」

「當然。」

真是個守財奴。

雖然我這樣想，但村民們似乎也能接受。

因為村裡沒有能做這些事情的人，他們似乎對洛琪希讚不絕口。

這就是所謂的「Give and Take」嗎？

真正錯的是我的感覺。

「無償幫助有困難的人是理所當然的事情」。

這是日本人的想法。

一般來說會收取酬勞。

這才叫作普通，叫作常識。

不過呢，生前的我因為是家裡蹲，別說幫助他人，根本只被全家人視為拖油瓶。

哈哈哈！

★ ★ ★

某天，我突然想到一個問題。

「我是不是該稱呼老師為師傅會比較適當？」

結果，洛琪希露出了明顯感到厭惡的表情。

「不，我想你應該很輕鬆就能贏過我，最好還是別那樣叫。」

我似乎是能超越洛琪希的優秀人才。

獲得這種正面評價真讓人難為情。

「你應該也不願意稱呼力量比自己弱的人為師傅吧？」

「不，我並不會這樣覺得。」

「但是我不願意。要是被比自己優秀的人稱為師傅，簡直是丟人現眼的事情。」

是那樣嗎？

「老師是因為比妳的師傅還強，所以才這樣說嗎？」

「你聽好了，魯迪。師傅這種人物是明明嘴上宣稱已經沒有東西可教，但無論遇到什麼事情都還要繼續表示各種意見的麻煩存在。」

「不過，洛琪希妳不會那樣做吧？」

「說不定我也會喔。」

「就算真的變成那樣，我也會尊敬妳呀。」

如果洛琪希凡事都露出自以為了不起的得意表情對我提出忠告。

我一定會笑咪咪地尊敬她吧。

「不，要是我嫉妒徒弟的才能，不知道會講出什麼話。」

「例如說？」

「例如只不過是骯髒的低賤魔族，或是明明是個鄉巴佬之類……」

原來她被這樣侮辱過啊。

真可憐。

歧視是不好的行為。

不過，上下關係就是這樣吧。

「有什麼關係呢，大可以擺出架子來啊。」

「光是因為年紀較長就擺出架子是不行的！沒有伴隨著實力的師生關係只會讓人不快！」

她如此斷言。

看來她和她師傅的關係相當差。

不管怎麼樣，因為這番話，我嘴上不會稱呼洛琪希為師傅。
不過，也決定在心裡要一直稱呼她為師傅。
因為這個還殘留著一點稚氣的少女，的確教會我許多光靠看書並無法理解的道理。

第五話「劍術與魔術」

五歲了。
生日那天，家裡開了個小小的慶生會。
這個國家似乎沒有每年慶祝生日的習俗。不過另外有種慣例，是到達一定年齡後家人就會送些禮物。
所謂一定的年齡是指五歲、十歲、十五歲。
因為十五歲就算是成人，這個年齡設定非常好懂。
保羅送的賀禮是劍。
共有兩把。
一把是對五歲小孩太長太重的真劍，另一把是比較短的木劍。

真劍是鍛造而成，也已經開鋒了。
不是小孩子該拿的東西。
「男人內心必須有一把劍，為了保護重要的人——」
保羅的教化因為太長，所以我只是帶著笑容左耳進右耳出。
雖然他心情很好地說個不停，最後還是被塞妮絲以一句「太長了」給勸退。
保羅帶著苦笑以「順便一提，除非必要，記得把劍收好」做總結。
我想保羅想教給我的，應該是對「以劍戰鬥」這行為的自覺和決心吧。

塞妮絲送我一本書。
「因為魯迪喜歡看書。」
她遞出一本植物辭典。
我忍不住「哦~」了一聲。
這世界的書籍很貴。即使有製紙技術，但似乎沒有印刷技術，所以全都靠手寫。
這本植物辭典很厚，還利用插畫提供仔細易懂的說明。
到底要多少錢啊……
「謝謝您，母親大人。我一直很想要這種書。」
一這樣說完，母親就緊緊抱住了我。

從洛琪希那裡得到了一根魔杖。

在長約三十公分的棒子前端鑲著一顆小小的紅色石頭，看起來很樸素。

「這是我前幾天製作的東西。因為魯迪從一開始就能使用魔術所以我不小心忘了，但身為師傅該製作魔杖給能使用初級魔術的弟子。真是抱歉。」

好像有這種慣例。

雖然洛琪希不願意被我稱為師傅，但是無視慣例似乎也讓她覺得過意不去。

「是，師傅。我會愛惜這根魔杖。」

聽到我這樣說，洛琪希回以苦笑。

★ ★ ★

第二天，開始進行正式的劍術鍛鍊。

基本上是以揮劍和練習規範動作為主。

例如以院子裡設置的木人樁為對手，確認規範動作和出手攻擊的狀況；或是和父親進行對打，訓練腳步運用和重心移動等等，就是這種感覺。

從基礎起步，真的不錯。

在這個世界中，劍術相當受到重視。

書裡登場的英雄們基本上也都是用劍，偶爾會有用斧頭或槌子的人，不過也只是少數派。

沒有人用長槍，這是因為那個惹人厭的斯佩路德族正是使用三叉槍。所以長槍是惡魔的武器，這是常識。書上也出現過好幾個這樣的惡魔，擔任的角色是那種不分敵我一律統統咬死的殺人鬼。

或許是因為有這樣的背景，這邊的劍術比之前待的世界更優秀。

如果能成為高手，甚至能一劍斬斷岩石，或是發出劍氣攻擊遠方的對手。

實際上，保羅就能夠一劍把岩石劈成兩半。

由於我想知道原理，所以靠著奉承稱讚吹捧讓他實際表演了好幾次。看到小小年紀就能使用上級魔術的兒子開開心心地為自己拍手，保羅應該心情很好吧。

只是，無論旁觀多少次還是沒能搞懂原理。

由於光看無法明白，所以我要求他為我說明……

「就是『哼地往前踏然後唰地砍下去！』的感覺。」

「是這樣嗎！」

「笨蛋！你那樣是『嘿地往前踏然後咚地砍下去』吧！要『哼地往前踏然後唰地砍下去』！

動作更輕快一點！」

結果就是這樣。

雖然這只是我的推測，但這世界的劍術大概有受到魔力的影響。

正如眼睛所見，魔術會以類似魔法的形式顯現；但劍術不同，專門針對的方面是肉體和強化刀劍等金屬。如果不是這樣，人類怎麼可能以超高速移動並一劍劈開岩石呢。

當然保羅並沒有察覺到自己使用了魔力。

所以他無法解釋。

不過，只要我能重現出這些動作，就等於是學會了能強化身體的魔術。

加油吧。

★★★

這個世界的主要劍術流派共有三種。

——第一種是劍神流。

這是一種具備高攻擊性，彷彿在主張「攻擊正是最佳防禦」的劍術，重視速度，以總之要搶先擊中目標為目的的流派。

制敵機先並一擊必殺。

如果沒能打倒對方，就持續使用打帶跑戰術，直到獲勝為止。

用原來世界的話來套用，大概算是薩摩示現流吧。

——第二種是水神流。

這流派和劍神流完全相反。

是以順勢卸招與反擊為中心的防禦型劍術。

由於宗旨是專職防衛，因此主動出擊的招式很少。

只是如果到達高手的境界，似乎能對所有攻擊做出反擊。

所有攻擊——甚至包括魔術和遠距離攻擊武器。

是宮廷騎士和貴族那種以防守為主的人物們會學習的劍術。

——第三種是北神流。

這個流派與其說是劍術，反而更像是兵法。

似乎沒有具備特徵的招式，而是以能根據狀況臨機應變做為賣點。

保羅說講好聽點是臨機應變，但實際上好像經常做些耍小聰明的小動作。

不過，只要能夠登峰造極，就可以出奇制勝。
似乎會成為像是○龍用劍術的那種感覺。
由於這是身上有在治療的傷勢或是有缺損的部位也能繼續戰鬥的流派，因此受到傭兵與冒險者的歡迎。

這些被稱為三大流派，世界各地都有使用者。
想以劍士身分達到極致的人似乎會前往各門派拜訪，持續揮劍直到死亡為止。
然而，這種人只是少數。
如果想儘快變強，針對多個流派的好處稍事學習似乎是最基本的做法。
實際上保羅也是以劍神流為主，但同時也略微涉足水神流和北神流。
無論是劍神流還是水神流，要光靠單一流派出人頭地，這都是過於極端的劍術吧。
順便說一下這些劍術也分成了以下的層級：
初級、中級、上級、聖級、王級、帝級、神級。
此外各流派的名稱中有「神」這個字，是源自於流派始祖的通稱。
據說水神流的第一代劍士同時也是能使用水神級魔術的魔術師。
劍術是神級，魔術也是神級，當然強得跟怪物一樣。
做個補充，一般來說稱呼劍士時會稱為「水神」、「水聖」，不過稱呼魔術師時就會再加上「級」字，稱為「水神級」、「水聖級」之類。

例如洛琪希就是「水聖級魔術師」。

★　★　★

我要學習的是劍神流跟水神流這兩個流派。

意思是攻擊用的劍神和防禦用的水神。

「可是父親大人，根據您的說明，北神流似乎是均衡性最佳的流派。」

「說這什麼蠢話，那只是用劍戰鬥，根本不算劍術。」

「原來如此。」

在三大流派中，北神流似乎受到歧視。

或者只是因為保羅個人不喜歡？

雖然不喜歡，但他的北神流也有上級。

「魯迪你雖然有魔法的才能，不過學習劍術並沒有壞處。你要成為能對抗劍神流斬擊的魔術師。」

「就像是……魔法劍士嗎？」

「嗯？魔法劍士是能夠使用魔法的劍士，你的情況正好相反吧。」

有哪裡不同？
不管是從戰士轉職，還是從魔法師轉職，魔法劍士都是魔法劍士吧？
總之，只要鍛鍊劍術，也能夠應用到魔術上。
問題是，保羅是在無意識狀態下使用了身體強化能力，所以不會教我。
我必須靠自己想辦法學會，但光鍛鍊身體就能夠辦到那種事情嗎？
得想辦法解開原理才行……
「……你果然討厭劍術嗎？」
我正忙著思考，保羅帶著一臉不安表情這樣問道。
是因為我被認定具備魔術的才能嗎？
所以保羅好像在擔心我是不是不願意練習劍術。
希望他不要誤會。我當然不是討厭練習劍術，只是比起和又髒又臭的男人一起在院子裡流下青春汗水，我更喜歡只有自己和洛琪希兩個人促膝讀書。
畢竟我是室內派。
不過，這只是喜好問題。
既然決定要在這個世界拿出真本事過活，劍術和魔術我都會好好努力。
「不，我希望劍術也能變得和魔術一樣厲害。」
聽到這句話，保羅似乎深受感動。他開心地點點頭，舉起木劍。

「好，那就開始對打吧！放馬過來！」

真是單純的傢伙。

魔術和劍術……我還不知道自己最後要靠哪一種。

老實說，哪邊都可以。

「是！父親大人！」

不過，孝順父母該趁早。

生前，我一直拖累父母到他們過世為止。

如果我當初對雙親更好，或許兄弟們也不會做出突然把我趕出家門的舉動。

所以啦，必須好好對待父母。

★★★

在我開始著手練習初步的劍術時，魔術的課程已經到達具備相當技術性，而且也能夠實踐的部分。

「按順序發動水瀑(Water Fall)、地熱(Heat Island)、冰結領域(Icicle Field)後會造成什麼狀況？」

「會產生霧。」

「沒錯。那麼，如果想讓霧氣消散該怎麼辦？」

「呃……再度使用地熱（Heat Island）魔術來加熱地面。」

「正是如此，實際試試看吧。」

按照順序使用好幾個系統造成某種現象。

這被稱為「混合魔術」。

魔術教科書上雖然有記載降雨魔術，但不知道為什麼，卻沒有產生霧氣的魔術。

所以魔術師會按照順序使用不同系統的魔術，靠著這種做法來重現自然現象。

這個世界沒有顯微鏡。

應該沒有解開自然現象的原理吧。

混合魔術包含了以前魔術師的創意和苦功。

不過呢，我不需要做這麼麻煩的事情。

只要在貼近地面的位置發動能產生雲並降下雨水的魔術就可以了。

然而，「刻意製造自然現象」這種做法很簡明易懂。

只要動動腦筋，似乎能辦到許多事情。

不過靠我的腦袋可能有點困難吧。

「原來魔術這麼萬能。」

「魔術並不是萬能，不可以自不量力。請冷靜從容地完成自己能做到，還有應該去做的事情。」

洛琪希這樣勸諫我，但超電磁砲和光學迷彩這類名詞卻在我腦裡不斷跳動著。

「而且，如果到處吹噓魔術萬能，就會有人把辦不到的事情也強推給你。」

「這是老師的經驗談嗎？」

「是的。」

原來如此，這問題可得注意。

強迫中獎太麻煩了。

「不過，會有那麼多人把工作硬塞給魔術師嗎？」

「嗯，因為上級魔術師並不多。」

二十個人中大概會有一個人有戰鬥能力。

而二十個有戰鬥能力的人中大概只有一個是魔術師。

據說是這樣的比例。

所以四百人才會有一個魔術師嗎？

雖然魔術師這職業本身並非那麼罕見……

「在魔術學校裡確實用功直到畢業的人……換句話說如果是上級魔術師，大約是一百個魔術師裡才會出現一個吧。」

不過上級魔術師卻是四萬分之一。

如果除了中級、上級魔術，還能使用混合魔術，能辦到的事情就會飛躍性增加。

因此，會成為各方爭相邀請的人才。
這國家的家庭教師也必須擁有上級以上的資格。
所以在資格這方面也具備有利的優勢。
「原來有魔術學校啊。」
「嗯，每個大國都有魔術學校。」
話說回來，我就覺得會有。
要不要來開始學園篇呢？
「其中規模最大的果然還是拉諾亞魔法大學吧。」
哦，居然還有大學。
「那間大學和其他學校有哪裡不同呢？」
「有充足的優良設備和教師，比起其他學校，應該能接受更現代且更高水準的課程吧。」
「老師也是出身於那間大學嗎？」
「是的。不過，魔術學校的地位很高，身為魔族的我只能進入魔法大學……」
據說像貴族子弟就讀的拉諾亞王國魔術學校，光是種族並非人類就會在審查時被淘汰。
雖然對魔族的歧視行為逐漸變少，但似乎還是會遭到不公平的對待。
「拉諾亞魔法大學並不會拘泥於奇怪的形式和尊嚴。就算再怎麼異想天開，只要是正確的理論就不會被直接捨棄。由於那裡接納了各式各樣的種族，所以各種族獨有魔術的研究也很有進展。如果魯迪你想走上魔術之路，我建議你可以前往魔法大學就讀。」

也因為是她的母校吧，洛琪希對魔法大學讚不絕口。

不過呢，這應該是再過好一陣子才需要研究的事情。

五歲就入學說不定會遭到霸凌。

「我想現在要決定這些事情好像還太早……」

「也是。我認為按照保羅大人的意見，走上劍士或騎士之路也是不錯的道路。有些人會先取得騎士的頭銜，再前往魔法大學留學。請不要認為只能在劍和魔術之間選擇其一，因為也有魔法劍士這條路可走。」

「是的。」

話說回來。

洛琪希似乎和保羅相反，擔心我是不是討厭魔術。

最近我的魔力量增加，也漸漸了解法則。

因此，上課時漫不經心的狀況也變多了。

畢竟我是在三歲時聽從父母授意，開始魔術課程。

說不定洛琪希會覺得……

我在這兩年內已經感到厭煩。

保羅注意到我的魔術才能。

洛琪希注意到我對劍術的熱誠。

他們大概是基於不同的理由，各自提點我其實有中庸之道吧。

「不過，這還是好久之後才要煩惱的問題吧？」

「對魯迪來說應該是那樣吧。」

洛琪希露出有點寂寞的笑容。

「可是，我能教你的事情已經不多了。既然不久之後就要畢業，聊聊這種話題也沒什麼不好。」

……畢業？

第六話「尊敬的理由」

來到這個世界後，我還沒有出過家門。

我是故意不出去。

因為我害怕。

只要來到院子，看到外面的景色，記憶就會立刻重現。

那天的記憶。疼痛的側腹、冰冷的雨水、悔恨、絕望感、被卡車撞飛時的痛楚。

這些記憶會一一復甦，彷彿昨天才剛發生。

讓我雙腳發抖。

我可以從窗口望向外面，也能夠以自己的雙腳走向庭院。

但是無法繼續往外。

我很清楚。

眼前這片悠閒的田園風景會瞬間變成地獄，這看起來非常和平的景色絕對不會接納我。

生前，我曾經在家裡煩惱妄想過幾次呢？

要是日本突然被捲入戰爭，或是哪天突然有個美少女來家裡借住。

如果真的發生那種事，我一定能好好努力。

我就是靠著這些妄想逃避現實。

我也曾經多次作夢。

夢中的我並不是超人，只是普通人。和別人一樣從事自己能辦到的事情，成功靠自己一個人活下去。

可是，夢卻醒了。

要是我從這個家踏出一步，或許現在這場夢也會醒。

醒來之後，說不定又會回到那個絕望的瞬間。

回到似乎會被後悔形成的洪水淹沒的那瞬間……

不，這不是夢。

怎麼可能有如此真實的夢境。

說這是ＶＲＭＭＯＲＰＧ還比較有說服力。

這是現實。

我告訴自己。

我很明白。

這個現實並不是夢境。

明明心裡明白，卻連一步也走不出去。

無論心中多有幹勁。

即使嘴上發誓要認真過活。

但身體卻絕對不肯跟上。

我好想哭。

★
★
★

畢業考試要在村外進行。

聽到洛琪希這麼說，我試著發起小小的抵抗。

「外面嗎？」

「嗯，要去村外。馬匹已經準備好了。」

「不能在家裡進行嗎？」

「不行。」

「不行啊……」

我感到很猶豫。

我心裡很清楚總有一天必須踏出家門。

怎麼能在這個世界也當個繭居族。

可是，身體卻表示拒絕。我的身體還記得那時候的事情。

記得生前被那些不良少年們痛打一頓，還被狠狠嘲笑，內心受到巨大傷害的過去。

記得被逼上絕路，只能縮在家裡閉門不出的往事。

「怎麼了？」

「不……那個……外面或許會有魔物。」

「只要別靠近森林，這附近很少會碰到魔物。而且就算碰到也是一些很弱的魔物，我一個人就能解決。或者該說，我想魯迪你應該也可以打倒對方。」
發現我到這種時候還找著各種藉口不願意出門，洛琪希露出詫異的表情。
「啊……說起來我有聽說過，魯迪，你是不是從來沒有出過門？」
「嗚……嗯。」
「我知道了，你是怕馬吧？」
「我……我不怕馬啊。」
其實我挺喜歡馬。
而且也玩過德○賽馬。（註：「ダービースタリオン」，一款培育賽馬的遊戲）
「嘻嘻，這下我放心了。沒想到你也有和年齡相符的地方呢。」
洛琪希弄錯了。
可是，我無法老實承認自己其實是害怕外出。
因為那一定是比害怕馬還要沒出息的事情。
我也有自尊心。
渺小而缺乏內在的自尊心。
我只是不想讓這個嬌小的少女瞧不起自己。
「真沒辦法，來吧。」
看到我不願意動，洛琪希突然把我扛到肩上。

「哇！」

「只要實際騎上去，很快就不會怕了。」

我沒有掙扎。

一方面是內心的確猶豫不決，另一方面是覺得乾脆就這樣隨便她處置其實也好。

洛琪希用丟的把我放到馬背上。

然後她自己從我後方一翻身騎上馬背，拉起韁繩甩了一下。

馬開始踢踢躂躂向前走去。

簡簡單單就踏出家門。

★ ★ ★

來到這世界後，這是我第一次離開院子。

洛琪希在村中緩緩前進。

有時會有注意到我們的村民投來毫不客氣的視線。

不會吧？

我的身體緊張起來。

到現在我還是很害怕他人的視線。

尤其是那種毫不客氣又帶著輕視的眼神。

他們應該不會用明顯瞧不起我的語氣來搭話吧？

應該沒有吧。

應該不認識我吧。

在這個世界裡，只有那個狹窄家中的人認識我。

為什麼要看我？

別看啊，去工作啦……

不……

他們不是在看我。

是在看洛琪希。

還有些人對著洛琪希打招呼。

噢，對了。

她已經在村中建立起自己的地位。

明明這個國家對魔族的態度還帶著歧視。

越鄉下的地方，這種傾向應該越顯著才對。

但是只過了短短兩年，洛琪希在這村中已經成了眾人會致意的對象。

我才想通這一點，立刻覺得背後的洛琪希非常可靠。

她知道路怎麼走，也認識這些人。

就算有人對我說了什麼，洛琪希應該也會挺身而出吧。

嗯……真沒想到自己有一天會覺得那個偷窺寢室幹那檔事的少女如此靠得住。

我可以感覺到身體逐漸放鬆。

「卡拉瓦喬的心情很好，牠似乎很高興能載著你。」

卡拉瓦喬是這匹馬的名字。

當然，我看不出馬的心情好壞。

「這樣啊。」

我隨口回應並往後倒，後腦碰到洛琪希那略微隆起的胸部。

感覺不錯。

我到底在怕什麼呢？

在這麼祥和的村子裡，有誰會瞧不起我呢？

「還會怕嗎？」

聽到洛琪希的問題，我搖了搖頭。

對別人的視線，我已經不再感到害怕。

「不，已經沒問題了。」
「看吧，我就說不會有事。」
內心產生餘裕。
於是，也開始注意到周圍的風景。
眼前是一望無際的農田，其間零星地蓋著幾棟房舍。
標準的農村景象。
在相當廣闊的範圍內可以發現數量不少的建築，要是更密集，或許我會以為是個小鎮。
如果有風車，我大概會聯想到瑞士。
啊，也有水車小屋呢。
一旦放鬆下來，我就開始介意起沉默。之前和洛琪希在一起時，都沒有這麼安靜過。
也從來不曾像這樣緊靠著彼此。雖然沉默並不會讓我感到難以忍耐，不過倒是會有種尷尬的感覺。
所以我主動開口：
「老師，這片田可以收成什麼作物？」
「主要是阿斯朗麥，是麵包的原料。應該還有少量的芭緹爾絲花和蔬菜吧。芭緹爾絲花會送往王都加工，成為香料。至於其他，都是平時會被端上飯桌的東西。」
「啊，那邊是青椒吧？老師不敢吃的那個。」

「我……我不是不敢吃，只是有點怕而已。」

我繼續問東問西。

洛琪希說今天是最後的考試。

換句話說，她擔任家庭教師的時間即將結束。

洛琪希性子很急，說不定明天就會離開我家。

那樣一來，今天就是最後一天。我該趁現在跟她多聊聊。

但是我沒想到什麼有趣的話題，只能不斷問著村子裡的事情。

根據洛琪希的說法，這個村子所在地位於阿斯拉王國東北部的菲托亞領地，似乎是叫作布耶納村。

村裡大約有三十多戶靠務農度日的人家。

我的父親保羅是被派遣到這個村子的騎士。

他的職責是監視村民們是否有確實工作，同時在村內發生爭執時也要負責仲裁，還有在魔物來襲時必須保護村子。

簡而言之就是國家公認的保鏢。

話雖如此，這個村裡由年輕人輪流負責警戒。

所以保羅上午巡視完後，下午通常都會待在家裡。

基本上這是個和平的村莊，沒有那方面的工作。
聊著聊著，田地逐漸減少。
我也失去了能提問的話題，沉默又持續了一段時間。

之後大概又過了一小時吧。
周圍已經完全看不到農田，我們來到一片什麼都沒有的草原上。

★★★

從腳邊到地平線的盡頭為止，全都是草原。
不，隱約可以看到遠處有山脈。
至少這大概是日本無法看到的景色。
在地理課本之類的書上看過的蒙古高原風光大概就是這種感覺吧？
「來到這附近應該就可以了。」
洛琪希在一棵孤零零的樹旁止步，翻身下馬，把韁繩綁在樹上。
接著，她把我抱下來。
然後正面對著我說道：

「接下來我會使用水聖級攻擊魔術『豪雷積雨雲(Cumulonimbus)』，這是製造出大範圍豪雨並伴隨著雷電的魔術。」

「是。」

「請模仿我並試著使用這個魔術。」

使用水聖級的魔術。

原來如此，這就是畢業考的內容嗎？

洛琪希接下來要使用的魔術是她能力所及的最大魔術，所以如果我也能使用，就代表她已經沒有東西可以教了。

「因為我只是示範，所以會讓魔術在一分鐘後就消散，不過……如果你能讓雨持續一個小時以上，就算是合格吧。」

「因為這是祕密招式所以要來沒有人的地方嗎？」

「不是，是因為擔心會有人和農作物遭受損害。」

哦？

要降下的雨量等級大到會讓農作物受災嗎？

感覺很厲害。

「那麼……」

洛琪希朝著天空舉起雙手。

「雄偉的水之精靈，登上天空的雷帝之王子啊！
實現我的願望，帶來凶暴的恩惠，讓矮小的存在見識您的力量！
以神之鐵鎚敲擊鐵砧，顯現您的可畏，讓洪水淹沒整片大地！
啊，雨啊！沖垮一切，驅逐所有事物吧！
『Cumulonimbus』！」
她清晰緩慢地唸出咒語中的每一個字。
歷時一分鐘以上。

詠唱結束的那瞬間，周圍一口氣變暗。
延遲數秒後——下起雨勢大到像是整盆水往下倒的豪雨。
驚人的暴風席捲四周，漆黑的雲層裡夾著閃電。
在宛如瀑布的滂沱大雨中，紫色的光竄過雲層，發出轟隆聲響。
雲中的閃電逐漸增強。
接著越來越膨脹，就像是光芒也具備重量——
——最後往下劈落。
轟隆！

打中那棵樹。

我的鼓膜嗡嗡作響，眼睛也被光線刺得發疼。

還以為自己會昏倒。

「啊！」

這時，洛琪希發出不小心犯錯時的那種慘叫聲。

雲層瞬間消散。

雷和雨也立刻停止。

「啊哇哇……」

臉色發青的她跑向大樹那邊。

仔細一看，我們騎來的馬冒著煙倒在地上。

洛琪希把手放到馬的身上，隨即開始詠唱：

「宛如母親的慈愛女神，請治癒此人之傷口，讓他恢復健康的身體——『ExHealing』。」

洛琪希慌慌張張施展中級治療術後，馬很快就醒了。

看來馬並沒有立刻死亡。

因為中級的治癒魔術無法讓死者復甦。

那匹馬露出驚慌害怕的樣子，洛琪希的額頭上則滿是冷汗。

「呼……呼……好險啊……」

的確是好險。

這是我們家唯一的一匹馬。

保羅每天都仔細照料牠，偶而還會滿臉笑容地騎著馬出去兜風。

雖說好像並不是什麼名馬，不過卻是保羅長年同甘共苦的朋友，他還大刺刺宣稱對這匹馬的愛僅次於對塞妮絲的愛。就是那麼重要的馬。

當然，和我們住在一起兩年的洛琪希也很清楚這件事。

我還知道她有一次看到保羅露出恍惚表情緊貼著這匹馬，有點被嚇到。

「要……要幫忙保密喔。」

洛琪希噙著眼淚說道。

她有點笨手笨腳。

經常會不小心犯錯。

不過，卻是個很努力的人。我知道她晚上都會為了教我而預習到很晚。

也知道她擔心因為太年輕而被人瞧不起，所以總是盡力表現出具備威嚴的模樣。

我對這樣的她有好感。

要不是年齡有差距，我甚至希望洛琪希成為我老婆。

「請放心，我不會告訴父親大人。」

「嗚嗚……拜託了。」

如果有可能，真希望在年齡差不多的時候相遇。

「嗚……」

雖然洛琪希都快哭出來了，不過她立刻甩了甩腦袋，用力拍打自己的臉頰，然後擺出嚴肅表情看向我。

「好了，你試試看吧。我會幫忙保護卡拉瓦喬。」

那匹馬表現出隨時會因為害怕而逃走的模樣，但洛琪希卻靠著自己的嬌小身體使勁拉住牠。

我並不認為憑洛琪希的矮小身材有辦法控制住那匹馬，不過馬雖然有點坐立不安，但也還算老實。洛琪希保持現在的姿勢，開始嘀嘀咕咕詠唱起什麼。

於是，她和馬很快就被土牆覆蓋。

不消多久，眼前出現了一個類似雪洞的半圓形土製遮蔽物。

這是土系的上級魔術『土堡（Earth Fortress）』。

這種東西即使受到雷雨襲擊，應該也不會有問題吧。

好，動手吧。

要一口氣使出厲害的魔術，讓洛琪希嚇破膽。

呃……我記得咒語是……

「雄偉的水之精靈，登上天空的雷帝之王子啊！

實現我的願望，帶來凶暴的恩惠，讓矮小的存在見識您的力量！

以神之鐵鎚敲擊鐵砧，顯現您的可畏，讓洪水淹沒整片大地！

啊，雨啊！沖垮一切，驅逐所有事物吧！

『Cumulonimbus』！」

一次就成功了。

雲層越堆越高。

同時，我也理解了「豪雷積雨雲（Cumulonimbus）」的原理。

在中等高度的空中製造出雲層，同時進行複雜的操作使其形成雷雲。就是這種感覺。

而且必須持續注入魔力，否則雲層會停止流動並迅速消散。

（先不說魔力，要持續舉高雙手一小時未免也太累……）

不，等等。

魔術師講究創意和苦功。

應該沒有必要努力維持這種像是在收集元氣的姿勢長達一小時吧？（註：出自漫畫《七龍珠》）

沒錯，這是考試。

該做的事情並不是擺出同樣姿勢一個小時，而是要在製造出雲層後利用混合魔術維持它。
我差點弄錯重點，這下得運用過去學過的知識。
「呃……以前好像有在電視上看過……關於雲層形成的過程是——」
空中還殘留著洛琪希剛剛製造的雲。
我記得好像是要以製造出橫向龍捲風的感覺，加熱下方的空氣以導出上升氣流就行了吧？
順便要冷卻上方空氣好提昇上升氣流的速度——
做了這些動作後，居然耗費掉一半的魔力。
不過，做到這應該能維持一個小時以上吧。
在傳出雷鳴聲的暴雨中，感到滿意的我走進洛琪希製造的圓頂遮蔽物。
她坐在昏暗的角落，手裡握著馬的韁繩。
注意到我之後，洛琪希點了點頭。
「這個土堡會在一個小時後消失，只要你的魔術在那之前沒有消散就沒問題。」
「是。」
「請放心，卡拉瓦喬也不要緊。」
「是。」
「不要光說是，要在外面認真控制雷雲一個小時。」
嗯？

「妳說控制嗎？」

「嗯？我說了什麼奇怪的話嗎？」

「不……那個，有必要控制嗎？」

「當然了，水聖級的魔術依然是魔術，如果沒有使用魔力維持，就會被風吹散。」

「可是我已經讓雲層不會被吹散了耶……？」

「咦？啊……！」

洛琪希似乎注意到什麼，她衝出圓頂遮蔽物。

同時，土堡開始一點點崩壞。

喂喂，妳要確實控制啊。

馬會被活埋啦。

「真是……」

我急忙接手控制，然後才前往外面。

洛琪希正一臉茫然地仰望著天空。

「……這樣啊，利用斜向往上的龍捲風把雲推上去……！」

空中有我剛剛創造的積雨雲，而且正在無限變大。

真的要自賣自誇一下。

以前，我看過以科學來驗證超大胞(Supercell)形成過程的某個特別節目。

雖然不記得詳細的內容。

憑著大概的印象動手後，成功製造出很像是那麼一回事的現象。

「魯迪，你合格了。」

「咦？可是，還不到一個小時耶？」

「沒有必要。既然能做到這種程度，那麼已經夠了。是說你能讓它消失嗎？」

「啊，可以。不過要花點時間。」

我讓廣範圍內的地面附近空氣都降低溫度，然後加熱上方空氣，製造出往下的氣流，最後再施展風魔術，總算強行把雲層吹散。

一切都結束時，我跟洛琪希已經成了落湯雞。

「恭喜，你成為水聖級了。」

眼前如芙蓉出水般的美女把濕掉的瀏海往上撥，露出平時難得一見的明朗笑容向我如此宣布。

生前無所作為的我，終於達成了一件事。

一想到這點，我產生一種奇妙的感覺，彷彿有什麼從身體深處一湧而出。

我知道這是什麼。

是成就感。

在這一瞬間我實際體認到，來到這個世界後自己總算踏出了「第一步」。

★★★

隔天。

整理好行囊的洛琪希以和兩年前毫無二致的模樣站在我家玄關。

父親跟母親也和當時沒什麼差別。

只有我長高了。

「洛琪希，妳可以繼續留下來喔。我還有好多料理還沒教妳呢……」

「是啊。雖然家庭教師的工作已經結束，但是妳在去年乾旱時幫了很大的忙。村裡那些傢伙一定也會歡迎妳。」

雙親講著這些話，試圖挽留洛琪希。

沒想到在我沒注意的時候，他們已經變得這麼要好。

也是啦，畢竟她從下午到晚上都很閒，只要每天做點什麼，就能拓展交際圈吧。

和那種只要主角沒有行動，能力也不會變動的遊戲主要女角不一樣。

「不，雖然這是令人感謝的提議，不過這次的經驗讓我明白自己是多麼無力。所以我想去世界各地旅遊一陣子，好好磨練自己的魔術能力。」

看來她是因為等級被我追上而受到打擊。

畢竟洛琪希以前也有說過不願意被弟子趕上。

「這樣啊。嗯……該怎麼說？真是不好意思，都怪我們家兒子害妳失去了自信。」

我說保羅，你這種講法很差勁。

「不，反而是我該謝謝他糾正了我自以為了不起的心態。」

「能使用水聖級魔術，應該不算是自以為了不起吧。」

「我現在知道只要靠創意，即使無法使用那種東西也能施展更厲害的魔術。」

洛琪希苦笑著回答，把手放到我的頭上。

「魯迪，我自認已經盡力，不過憑我的能力不足以擔任你的老師。」

「沒有那種事，老師教會了我很多事情。」

「我很高興你能這麼說……啊，對了。」

洛琪希將手伸進長袍內側，摸索一陣之後後掏出一條皮繩項鍊。

鍊墜使用泛著綠色光澤的金屬製作，外型像是由三根長槍組合而成。

「這是畢業的賀禮。因為沒有時間準備，請你勉強收下這個吧。」

「這是……？」

「米格路德族的護身符。萬一哪天遇見不好惹的魔族，拿出這個並報上我的名字，對方會稍微通融……或許會。」

「我會好好珍惜。」

「只是或許喔，不可以過於相信。」

在最後的最後，洛琪希輕輕一笑，然後踏上旅途。

我不知不覺間已經落下眼淚。

自己真的從她身上得到很多。

知識、經驗、技術……

如果沒有與她相遇，恐怕我到現在還是只能依靠魔術教科書，做著一些沒效率的舉動吧。

而且最重要的一點是，她帶我前往外界。

踏出家門。

只是這樣。

沒錯，就只是這樣。

是洛琪希帶我前往外界。

這件事有著重要的意義。

不是保羅也不是塞妮絲。

而是來到這村莊只有兩年的洛琪希。

是看起來肯定不擅長和他人往來的洛琪希。
是因為身為魔族，原本村民應該不可能會正面看待的洛琪希。
是這樣的洛琪希帶我前往外界，這件事有特別的意義。

雖然我強調是她帶我前往外界，其實也只是穿過村子。
可是對我來說，「踏出家門」毫無疑問是一種內心障礙。
洛琪希卻治好了這個創傷。
只是穿過村子。
就讓我的內心放晴。
她的目的並不是要讓我重新做人。
然而毫無疑問，我心裡的某種疙瘩終於解開。
昨天全身溼透的我回到家之後，又轉過身子，朝著門外踏出一步。
那裡只有地面。
普通的地面。
我沒有發抖。
我已經能夠走向外界。

她成功達成沒有任何人能辦到的事情。

這是生前，父母跟兄弟們都沒能辦到的事情。

洛琪希卻幫我辦到了。

不是靠不負責任的空口白話，而是扛起責任帶給我勇氣。

她並非刻意這麼做。

我很清楚。

她是為了自己。

這點我也知道。

不過，我還是該尊敬她。

要尊敬那位嬌小的少女。

我在內心發誓，目送洛琪希的背影遠去直到完全消失。

手裡只剩下她送我的魔杖跟項鍊。

還有許許多多的知識。

原本我是這樣想。

但是洛琪希那件幾個月前被我偷來，留有某種液體痕跡的內褲還在我的房間裡。

真是非常抱歉。

第七話「朋友」

我決定試著外出。

既然洛琪希已經幫助我踏向外界，我不會讓她的行動白費。

「父親大人，我可以去外面玩嗎？」

某天，我拿著植物辭典向保羅問道。

講到這個年齡的小孩，只要一不注意就會跑得不見人影。

所以我才要特地請求許可。雖然只是要去附近，但沒講一聲就出門還是會讓父母擔心吧。

「去外面？去玩？不是待在院子裡？」

「是的。」

「啊……噢，當然可以。」

沒想到他會答應得這麼乾脆。

「仔細想想，我們沒讓你有過能自由使用的時間。雖然基於父母考量要求你必須同時學習魔術和劍術，不過對小孩子來說，玩樂的確是必要的。」

「我很感激您讓我能遇上一位好老師。」

我還以為保羅是那種在教育上很嚴格的爸爸，實際上他的思考方式似乎還算柔軟。

原本有猜想到他可能會要求我一整天都練習劍術，這下有點出乎意料。

他雖然是感覺派，不過看來並不主張毅力論。

「話說回來，你居然會說要去外面……我一直以為你是個身體虛弱的孩子，時間過得可真快。」

「您覺得我身子很虛弱嗎？」

我第一次聽到這感想，明明我也沒生過病……

「因為你小時候都不哭。」

「原來是這樣。算了，現在很健康就沒問題了吧？我有被養成一個健康又可愛的兒子喔，噗嚕嚕。」

我拉著臉頰擺出鬼臉，保羅苦笑著說道：

「就是這些不像小孩子的地方反而讓我擔心。」

「長子這麼穩健可靠，您還有哪裡不滿意啊？」

「不，我沒有不滿。」

「您可以一臉不滿地吩咐我應該要更努力成為夠格擔任格雷拉特家繼承者的人喔。」

「說真的雖然這沒什麼好得意，但老爸我在你這個年齡，可是整天忙著掀女生裙子的死小鬼。」

「掀裙子嗎？」

原來這世界也會做這種事情。

不過這傢伙居然說自己是死小鬼。

「如果你想成為夠格的格雷拉特家成員，就帶個女朋友回來吧。」

什麼？我們家是那種家系嗎？

不是保護邊境的騎士兼下級貴族嗎？

沒有什麼講究身分的家規嗎？不，畢竟只是下級，大概就是這種水準吧。

「我知道了。那麼，我去村裡看看有沒有能掀的裙子。」

「啊，對女孩子要溫柔喔。還有，不可以因為自己力量比較強而且會使用魔法就擺架子。因為男人的力量並不該用來耀武揚威。」

哦？這句話真不錯。

真想讓生前的兄弟們也聽一聽。

沒錯，隨隨便便施展力量並沒有意義。

保羅的發言很有道理，我也能夠贊同。

「我明白，父親大人。所謂力量，是為了要在女孩子面前表現出帥氣一面才該使用吧？」

「……不，不是那樣。」

咦？話題不是往這方向發展嗎？

失敗失敗。欸嘿（吐舌）。

「我只是開玩笑，是為了保護弱者吧？」

「嗯，就是這麼一回事。」

對話結束後，我把植物辭典夾在腋下，接著拿起洛琪希送我的魔杖插在腰間，正準備出發時突然想起一件事情，於是回頭說道：

「噢，對了，父親大人。以後我應該也會經常外出，不過我出門時一定會先告知家裡的哪個人，而且也會每天確實鍛鍊劍術與魔術。在太陽下山天色變暗前會回家，也不會接近危險的地方。」

「啊……噢。」

保險起見，我先留下這些話。

不知為何保羅卻整個人傻住。

實際上，這可是你該說的話喔。

「那麼，我出門了。」

「……路上小心。」

就這樣，我踏出家門。

★★★

經過幾天之後。

外面並不可怕，很順利。我甚至能和擦身而過的人們開朗打招呼。

很多人都認識我。知道我是保羅和塞妮絲的小孩，也是洛琪希的弟子。

我向第一次見面的人致意並自我介紹，對第二次見面的人道午安。每一個人都帶著笑容回應。

這種開朗放鬆的心情真是久違了。

有一半以上要感謝保羅和洛琪希的知名度，剩下全都要歸功於洛琪希。

換句話說，大致上都是洛琪希的功勞。

我得好好保管聖物（內褲）才行。

★★★

好啦。

我外出的主要目的，是想用自己的雙腳到處移動，並記住附近的地理情報。

因為只要記住地理情報，就算突然被趕出家門也不至於迷路。

同時，我也想要調查植物。

反正手上剛好有本植物辭典，最好先學會如何區分什麼植物能吃、什麼不能吃、什麼能當藥、什麼有毒……

因為只要學會這些，即使突然被趕出家門也不至於餓死。

洛琪希只有跟我講過重點，也就是這村莊似乎種植了麥子、蔬菜以及香水的材料。

香水的材料……芭緹爾絲花是和薰衣草很像的植物。

淡紫色，而且據說能食用。

以這類顯眼的植物為中心，我把看到的每一個植物都拿來和植物辭典對照。

話雖如此，但這村子其實不大，也不可能有什麼特別的植物。

沒過多少天，我的行動半徑就向外擴張，開始往森林那邊前進。

森林裡有很多植物。

「我記得好像是因為森林裡容易發生魔力沉滯所以比較危險……」

容易發生魔力沉滯的地方，魔物出現的機率也比較高。

因為魔物產生的原因正是魔力造成的突然變異。
不過，我不知道為什麼森林裡魔力容易沉滯。
但是話又說回來，這附近本來就很少出現魔物，而且村裡還會定期進行魔物狩獵，因此較為安全。
魔物狩獵的意思正如字面所示。
每個月舉行一次，好像會由騎士、獵人、還有民間的治安維持會等眾男性成員們全面出擊，進入森林掃蕩。
只是，據說森林深處還是有可能會突然出現凶惡的魔物。
學會魔術後，或許我已經多少有點戰鬥能力。
然而，我原本是一個連打架都沒有幾次經驗的家裡蹲。
不能太過自大。
又沒有實戰經驗，要是得意忘形而大意犯錯那也太慘。
畢竟我看過很多因為那樣而死的人……我是指在漫畫裡看過。
再說，我並不是那麼容易衝動的類型，我認為能極力避免戰鬥是最好的選擇。
萬一碰到魔物，就逃回去向保羅報告吧。
就這麼決定了。

我一邊思考著這些事情，同時爬上一座小山丘。

山丘上有一棵孤零零的大樹。

那是這一帶最大的樹。

如果想確認自己走過的村內地勢，最好前往高處。

我還打算順便調查一下附近最大的那棵樹到底是什麼樹。

就在這時——

「魔族別待在村子裡！」

風送來了這樣的喊聲。

這語氣讓我回想起討厭的記憶。

導致我成為家裡蹲的高中生活。

被取了包莖男這難聽外號的惡夢。

很巧的，剛剛的聲調和那些人用外號取笑我時的聲調很相似。

很明顯是仗著人多欺負弱者時的聲音。

「快滾開！」

「吃我一招！」

「很好！打中了！」

我一看，那邊是前幾天下雨後就成了泥沼的田地。

田裡有三個渾身是泥的小孩，正朝著走在旁邊路上的一名少年丟泥巴。

「打中頭得十分！」

「好！」

「我打中了！真的打中了！」

嗚哇～真討厭，這是霸凌的現場。那些傢伙如果認定對方比自己低等，就會覺得做什麼都行。例如買了空氣槍，就會覺得把對方當靶也沒關係。明明有註明不可以朝人射擊卻還是照做，因為這些人根本不把對方當人來看。真是不可饒恕。

至於那名受攻擊的少年，明明快點逃離不就得了，可是卻遲遲沒有移動。

仔細一看，原來是因為他胸前抱著像是提籃的東西，為了避免泥巴打中籃子，只能縮起身體。

因此，他無法完全躲過霸凌者的攻擊。

「他好像拿著什麼！」

「是魔族的寶物嗎！」

「一定是從哪裡偷來的！」

「打中那個得一百分！」

「把寶物奪過來吧！」

我朝著少年的方向跑過去，同時用魔術製造出泥球。接著在進入射程的那瞬間全力投球。

「哇噗！」

「什麼！」

泥球擊中那個體型特別高大，看起來像帶頭者的傢伙的臉。

「好痛，泥巴跑進眼睛裡了！」

「你幹什麼！」

「沒關係的傢伙快點滾開！」

「你要站在魔族那一邊嗎！」

目標立刻換成了我。不管在哪個世界，這種事情都一樣呢。

「我不是要站在魔族那一邊，我是要幫助弱者。」

我一臉得意地說道，但少年們卻以自己才是正義的態度指責我。

「耍什麼帥啊！」

「你是騎士那裡的傢伙吧！」

「原來是貴族的少爺！」

哎呀糟糕，身分暴露了。

「騎士的小孩可以做這種事情嗎！」

「我要去告訴別人，說騎士是魔族的同夥！」

「叫哥哥他們也過來！」

「哥哥！有個奇怪的傢伙！」

孩子們呼叫同伴！

可是沒有出現任何人！

但是，我的腳卻嚇到不能動！

咕唔唔，雖說對方有三個人，但是被小孩子叫聲嚇到腿軟實在有夠沒出息。

受人欺負結果窩回家裡的人就是註定會這樣嗎……

「囉……囉唆！你們三個打一個才差勁！」

對方露出「你講啥鬼話？」的表情。

真……真讓人不爽。

「你在大聲什麼啦！笨蛋！」

因為我感到很不爽，所以又扔了一顆泥球。這次沒打中。

「混帳！」

「那傢伙哪來的泥巴！」

「管他的！扔回去！」

被三倍奉還了。我利用保羅傳授的步法和魔術，漂亮地迴避攻擊。

「打……打不中！」

「躲屁啊！」

呼哈哈，打不中就沒意義啦！

他們三個又繼續丟了泥球一陣子，發現打不中之後，就像是覺得很無聊般突然停下了手。

「啊～啊～！真沒意思！」

「走吧！」

「我要告訴很多人，說騎士的小孩當了魔族的同伴！」

我們可沒輸！我們只是玩膩了！

以這種語氣拋下這幾句話後，三個死小鬼就往田的另一端跑去。

太棒了！出生至今第一次打贏了霸凌者！

這……這根本沒什麼好自豪。

呼～話說回來，我果然還是不擅長跟人吵架。沒演變成真人快打實在是太好了。

「你還好嗎？東西也沒事吧？」

總之我回頭看向那個被丟泥巴的少年……

（哇喔……）

眼前出現一個讓人不覺得彼此同年齡的美少年。

他擁有以小孩子來說算是很長的睫毛，挺直的鼻樑，薄薄的嘴唇，還有優美得令人內心一跳的下巴線條。那媲美白瓷的皮膚——再配合如同受到驚嚇的兔子般的表情，營造出難以言喻的美感。

可惡，要是保羅長得更像個美男子，那我也能……

不，保羅長得不差，塞妮絲也很優秀。

所以這張臉沒問題。

比起生前那張滿是青春痘和皮下脂肪的臉，這張臉沒問題。

絕對行得通，嗯。

「啊……嗯……我……我沒事……」

少年把充滿畏懼的臉孔轉向我。

就像是一隻小動物，能引發保護欲。

如果是那種正太控的大姊姊，應該看一眼就會濕了吧。

不過，現在這一切卻被泥巴毀了。

他的衣服上到處都是泥巴，臉上也有一半沾著泥巴，頭髮更是整個都成了泥巴色。

能護住籃子，簡直可以說是奇蹟。

真沒辦法。

「你先把東西放到那邊去，然後在這邊的灌溉渠前面蹲下。」

「咦……？咦……？」

少年雖然滿頭霧水，但不知道為什麼，還是乖乖聽話照辦。

看來他是個不太會反抗別人命令的人。

算了，要是會反抗，剛剛被欺負時早就反擊了。

少年擺出四肢著地，臉朝向灌溉渠的姿勢。

如果是那種正太控的大哥哥，肯定看一眼就射了吧。

「閉上眼睛。」

我利用火魔術把水調整成適當溫度。

製造出不會太冷也不不會熱，大約四十度的熱水。

然後把熱水澆在少年頭上。

「哇！」

少年慌忙想逃，我拉住他的後領，把泥巴洗乾淨。

雖然他一開始有抵抗，不過適應熱水的溫度後，又安分了下來。

至於衣服……還是拿回家洗一洗比較好。

「好，差不多是這樣吧。」

由於泥巴已經被沖掉了，於是我利用火魔術把風加熱到適當溫度，一邊像是吹風機般送出暖風，同時用手帕仔細擦拭少年的臉。

於是，眼前出現精靈般的長耳，還有一頭極為美麗，在陽光下閃爍著光芒的翠綠色頭髮。

看到這顏色的瞬間，我想起洛琪希的吩咐。

「絕對不可以接近擁有翠綠色頭髮的種族。」

嗯？

不，有點不一樣。

應該是……

「絕對不要接近擁有翠綠色頭髮，額頭上還有紅寶石般物體的種族。」

對了，這樣才對。

是額頭上還有紅寶石般物體的的種族。

但眼前少年的額頭是漂亮白皙的寬額頭。

ＯＫ，安全。

他不是危險的斯佩路德族。

「謝……謝謝……」

聽到他道謝，我才猛然回神。

喂喂，居然害我這麼緊張。

於是我有點為了洩忿，以一副了不起的模樣開始說教：

「我說你啊，要是不反擊那種傢伙，他們會越來越囂張。」

「我打不贏……」

「重點是要有抵抗的意志。」

「可是，平常還會有更大的孩子……我怕痛……」
原來如此。
一旦抵抗，那些傢伙就會烙人來徹底教訓他嗎？
這種事情在哪個世界都一樣呢。
因為洛琪希的努力，所以大人們似乎變得比較能夠接受魔族，但小孩子卻是另一回事。
小孩很殘酷。
會因為哪個人稍微有點不同就排斥對方。
「你也真辛苦，只是因為頭髮顏色和斯佩路德族很像就被欺負。」
「你……你不在意……嗎？」
「因為我的老師是魔族。你是什麼種族？」
洛琪希說過他們米格路德族與斯佩路德族比較相近。
說不定這少年也是那樣的種族。
我抱著這樣的想法，可是他卻搖了搖頭。
「……不知道。」
不知道？
或許這年紀還沒搞懂吧？
「那你父親的種族是什麼？」

「……他說他只有一半是長耳族，另一半是人類。」

「母親呢？」

「人類，可是混了一點獸人族的血統……」

半長耳族跟四分之一的獸人？

這樣會生出這種髮色……？

我正這樣想，少年眼裡卻湧出眼淚。

「……爸爸雖然有說……我不是魔族……可是……我頭髮的顏色，跟爸爸……媽媽……都不一樣……」

他抽抽咽咽地哭了起來，我只能摸著他的頭。

不過，頭髮顏色不一樣的確是個大問題。

有可能是他的母親外遇。

「只有頭髮顏色不一樣嗎？」

「……耳朵……也比爸爸的長……」

「這樣啊……」

有長耳跟綠髮的魔族……感覺哪裡會有這種種族。

唔~雖然我並不想過問別人家裡的事情，不過自己以前也是遭受霸凌的被害者，所以還是想幫他解決。畢竟只因為頭髮顏色是綠色就遭人欺負實在太可憐了。

至於我的遭遇多少有點是自作自受。
可是，這少年不一樣吧。畢竟不可能靠自己的努力去改變出身。
只是因為一出生頭髮就偏綠，所以會在路上被其他人丟泥巴……
唔……光是想像就覺得會嚇到漏尿。
「你父親對你好嗎？」
「……嗯。生氣時很可怕，但只要我好好守規矩，他就不會生氣。」
「這樣啊，那你母親呢？」
「很溫柔。」
唔。根據他的語氣，父母雙方似乎都有確實給予愛情。
不，沒實際看過前還無法判斷。
「好，那就走吧。」
「……去……去哪裡？」
「看你要去哪裡我就跟去哪裡。」
只要跟著小孩，父母就會出現。這是自然的規律。
「……為……為什麼要跟著我？」
「因為剛才那些傢伙也許會回來嘛。我送你一程吧，你是要回家？還是要把那個籃子送去哪裡？」

「我是要送飯……給爸爸……」

他父親是半精靈吧？

講到故事裡會出現的精靈，通常很長壽，過著封閉的生活，個性傲慢，瞧不起其他種族。擅長弓箭與魔法，尤其是水和風魔法。還有正如「長耳族」這名字，他們的耳朵很長。

根據洛琪希的說法，據說這些設定「大致上符合，不過他們並沒有特別封閉」。

果然這世界的精靈族也多是俊男美女嗎？不，「精靈大部分是俊男美女」的理論應該是日本人自以為是的認定吧？歐美遊戲裡出現的精靈臉孔都尖得嚇人，看起來根本不像是俊男美女。日本御宅族跟外國一般人的審美觀大概不太一樣。

不過呢，這少年的雙親想必是俊男美女的組合。

「那個……為什麼……要保護我？」

少年做出會引發保護欲的動作，戰戰兢兢地發問。

「因為父親大人說過要我和弱者站在一起。」

「可是……你可能也會被其他人討厭……」

是沒錯啦。

因為幫助受霸凌的人，所以自己也成為目標——這種事常發生。

「到時就換你跟我一起玩啊，從今天起，我們就是朋友。」

「咦！」

所以，兩個人要組成一夥。

霸凌的連鎖反應通常是因為被幫助的那方背叛才會發生。被幫助的那方應該要負起責任，報答幫助者的恩情。不過呢，這少年被霸凌的原因是源自於更基本的問題，所以我不認為他會背叛我跑去加入霸凌集團的那一方。

「啊，你是不是要常常幫忙家裡？」

「沒……沒有。」

我注意到自己忘了確認對方是否方便，但少年帶著膽怯表情搖了搖頭。

這表情真不錯。如果是那種正太控的大姊姊，或許看一眼就會上鉤吧。

嗯，這一點或許有好處。

看他這張臉，將來肯定很受女孩子歡迎。那麼我只要跟他稱兄道弟，那麼殘羹剩菜說不定會選我這邊。雖然我的臉應該不算高水準，不過兩個男人站在一起時，只要其中之一長得夠帥，另一個看起來也會讓人感覺不錯。

像那種對自己沒什麼自信的女孩，想必會把我當成目標。

比起自信滿滿主動進攻的女孩，我比較喜歡稍微欠缺自信的類型。

行得通。就像美少女會把醜女帶在身邊當成襯托紅花的綠葉，我要反向操作。

「對了，我還沒問你叫什麼名字。我是魯迪烏斯。」

「希露……弗——」

因為他講得太小聲，後半聽不太清楚。是希露弗嗎？

「是個好名字啊，跟風精(Sylph)很像。」

「嗯。」

我這樣一說，希露弗就紅著臉點點頭。

★★★

希露弗的的父親是個美型。

他擁有一對尖耳，像是在發光的金髮，體型纖細卻依然有著肌肉。不愧是半精靈，是個彷彿同時擁有精靈和人類優點的男性。

他待在森林旁邊的塔樓上，單手持弓，監視著森林。

「爸爸，這是便當……」

「嗯？不好意思總是麻煩你啊，露菲。今天沒有被欺負吧？」

「沒事，有人幫我。」

他以視線介紹我後，我也略為低頭行禮。

露菲是小名嗎？讓人覺得他的手會伸長。（註：露菲的原文和《航海王》的魯夫相同）

要是希露弗也跟那個人一樣開朗少根筋又旁若無人，應該就不會被欺負吧。

「初次見面，我叫魯迪烏斯．格雷拉特。」
「格雷拉特……你是保羅先生的小孩嗎？」
「是的，保羅是我父親。」
「喔喔，我有聽說過你的事情，真是個有禮貌的孩子。啊，不好意思這麼晚才自我介紹，我叫羅爾茲，平常都在森林裡打獵。」
據他所說，這座塔樓是用來監看是否有魔物跑出森林，二十四小時都有村裡的男人負責輪流在此看守。當然保羅也有值班，羅爾茲因此和保羅相識，還曾經找彼此商量自家小孩的各種事情。
「我們家的孩子雖然有這種外貌，但這只是一點返祖現象而已。希望你和他好好相處。」
「當然沒問題。就算希露弗是斯佩路德族，我的態度也不會改變。我以父親的名譽發誓。」
聽到我這樣說，羅爾茲似乎很感慨。
「才這點年紀就懂得名譽嗎……真羨慕保羅先生有這麼優秀的小孩。」
「俗話說小時了了大未必佳，要羨慕請先等希露弗長大以後再羨慕也還不遲。」
我替希露弗也講了點好話。
「原來如此……真的和保羅先生說的一模一樣呢。」
「……父親他說了什麼？」
「跟你對話似乎會讓他喪失身為父親的自信。」

「這樣嗎？那麼，我以後是不是該稍微搗搗蛋，讓他有機會說教呢。」

我們正在討論這些話題，我突然感覺到衣角被扯了一下。仔細一看，原來是希露弗正低著頭拉著我的衣角。大人的對話對小孩子來說大概很無聊吧。

「羅爾茲先生，我們兩個可以去玩一下嗎？」

「嗯，當然可以。記得不要接近森林。」

雖然這事根本不需要特別吩咐……

不過光交待這句話是不是有點不太夠啊？

「來這裡的途中有個山丘，上面長了一棵大樹。我想去那附近玩玩。在天黑之前我會負責把希露弗送回家。請您回家時注意一下山丘，要是在那裡和回到家之後都沒有看到人，那麼我們很有可能是被捲入什麼事件，屆時麻煩進行搜索。」

「啊……噢。」

畢竟這裡是沒有手機的世界，要確實遵守報告、聯絡、商量這三原則。

因為無法避免所有的意外，重點是要立刻採取挽救措施。

雖說這個國家的治安似乎相當好，不過也無法得知哪裡會潛伏著危險。

我丟下啞口無言的羅爾茲，帶著希露弗回到有大樹的那座山丘。

「那麼，要玩什麼呢？」

「不知道……因為我沒有跟朋……朋友一起玩過……」

講到「朋友」這兩個字時，希露弗有點猶豫。他以前一定沒有朋友吧。

真可憐……不，其實我也沒有。

「嗯。話是這樣講，不過我也是一直躲在家裡，直到最近才開始出門。好啦，到底該玩什麼呢？」

希露弗忸忸怩怩地握起雙手，抬著眼看我。

我跟他身高差不多，不過因為他駝背，所以看我時得往上看。

「那個……為什麼你講到自己時……用詞會換來換去呢？」（註：原文中，魯迪的「我」有時候用「僕」，有時候是「俺」）

「嗯？噢，因為要是沒有看對象改變用詞會很失禮呀。對於尊長要使用敬語。」

「敬語？」

「就是我剛剛用過的說話方式。」

「哦？」

他似乎聽不太懂，不過這種事每個人都能慢慢明白。

這就是所謂的長大成人。

「比起敬語……教我……剛才的那個……好嗎？」

「剛才的那個？」

希露弗的眼裡放出光芒，比手劃腳地開始說明：

「就是你從手裡嘩地放出熱水……還有呼地吹出暖風的那個。」

「啊～那個呀。」

他是在說我幫忙把泥巴沖掉時用的魔術。

「很難嗎？」

「雖然很難，不過只要練習，大家都能做到……大概吧。」

因為最近魔力總量提升太多，我根本不知道剛才消耗了多少魔力；而且基本上，我也不清楚這邊的人擁有的平均魔力量大約有多少。

話雖如此，只是要用火加熱水。雖然應該無法辦到以無詠唱直接產生熱水，但只要以混合魔術的方式來使用，任何人都可以重現。所以大概沒問題……大概。

「好！那麼就從今天開始特訓吧！」

就像這樣，我和希露弗一起玩到太陽西下。

★★★

到家後，我發現保羅在生氣。

他擺出「我正在發火」的態度，以手扠腰，直挺挺地站在玄關。

好啦，我闖了什麼禍嗎？講到我心裡有鬼的問題，大概就只有珍藏的聖物（內褲）有可能被發現這檔事……

「父親大人，我回來了。」

「你知道我為什麼生氣嗎？」

「不知道。」

首先要裝作什麼都不知道的樣子。因為萬一內……聖物其實並沒有被發現，會成了不打自招。

「剛才，艾特家的太太有過來，說你打了他們家的索馬爾？」

艾特？索馬爾？這些傢伙是誰？

聽到沒有印象的名字，我翻起記憶。

基本上，我在村裡和別人的互動只有打招呼。

只要報上自己的名字，對方也會報上名字，不過那些人裡面有叫作艾特的嗎？好像有又好像沒有……

嗯，等等。

「是今天的事情嗎？」

「沒錯。」

今天我只有遇到希露弗跟羅爾茲，還有那三個死小鬼。

這代表索馬爾就是那三個死小鬼之一嘍？

「我沒有打他，我只是對他丟泥巴而已。」

「你還記得爸爸之前的吩咐嗎？」

「是指男人的力量不該用來耀武揚威那句話？」

「沒錯。」

哼哼〜

原來如此啊。說起來，那些傢伙跑掉時有說過會到處去講我站在魔族那一邊。

不知道他們扯了什麼謊才能掰成是我打人，總之就是我被抹黑了。

「我不清楚父親大人聽到什麼樣的說法……」

「不對！做錯事情時，首先要說對不起！」

他斬釘截鐵地斥責我。

也不知道他聽了什麼說詞，但看起來像是全盤相信。

傷腦筋。這種狀況下，即使我說是因為希露弗受欺負而出手幫忙，聽起來也很像謊話。

可是，也只能從頭開始說明。

「其實，是我走在路上時……」

「別找藉口！」

我開始有點不爽了。先不論有沒有說謊，保羅根本不想聽我這邊的意見。

雖然姑且先道歉也是可以，但我覺得那樣做對保羅並不好。

我也不希望遲早會誕生的弟弟或妹妹遭受不合理的對待。
這樣的教訓方式是錯誤的。
「……」
「怎麼了，為什麼一聲不吭？」
「因為我一開口，您就會斥責我是在找藉口。」
「你說什麼！」
保羅露出憤怒的眼神。
「在小孩子想說什麼之前先怒斥並逼他道歉。大人的做法真是方便簡單，讓人羨慕呢。」
「魯迪！」
啪！我的臉頰受到火辣辣的衝擊。
被打了。
不過，我早已預料到會發生這種事情。挑釁的結果是被打，這是理所當然。
所以我用力站穩腳步沒有被打倒，只是差不多二十年沒被打了吧……
不，前世離開家門時有被痛毆一頓，所以應該是五年。
「父親大人，至今為止我一直盡可能努力做一個好孩子，不但從來沒有違背過父親大人和母親大人的吩咐，要求我做的事情也自認都有拿出全力去挑戰。」
「這……這些和今天的事情無關吧！」

保羅似乎原本並不打算動手。

他表現出明顯的狼狽反應。

算了，這樣剛好。

「不，有關係。為了讓父親大人能放心，為了能獲得您的信賴，我一直很努力。但是父親大人卻完全不打算參考我的說法，反而盲目聽信我不認識的人的主張，然後對我怒吼，甚至還出手打我。」

「可是，索馬爾那小子的確有受傷……」

受傷？

這事我可不知道，是他自己弄的嗎？

如果真是那樣，就跟那些鬧假車禍的詐騙犯沒兩樣嘛……

不過很可惜，我可是有正當理由。

和受傷那種低劣的謊言不一樣。

「就算他的傷真的是我造成的，我也不會道歉。因為我沒有違背父親大人的教誨，可以抬頭挺胸承認。」

「……等等，到底發生了什麼事？」

哦，開始在意了啊？不過，是你自己決定不聽。

「您不是不想聽藉口嗎？」

聽到這句話，保羅臉上出現苦澀的神情。還得再加把勁嗎？

「請放心吧，父親大人。下次再碰到三個人聯手攻擊一個沒有抵抗的人時，我會裝作沒看見。或是乾脆主動加入他們，讓場面演變成四對一好了。原來欺負或勒索弱者正是格雷拉特家的榮譽和家訓，這點我會向周圍好好宣傳。不過等我長大後，我就會離開這個家，再也不會使用格雷拉特這名字。因為格雷拉特是無視實際發生的暴力，還容忍言語上的暴力，跟垃圾沒兩樣的家族。要我自稱是這家族的一員，實在太丟臉了。」

保羅整個啞口無言。

他的臉色一會兒青一會兒紅，可以看出內心非常掙扎。

他會生氣嗎？或者還需要再推一把？

我勸你最好放棄，保羅。別看我這副模樣，我可是一個面對根本不可能贏的爭吵，也依然可以靠著抵賴逃避責任長達二十年以上的男人。只要有任何一個突破口，至少也能講到平手。

再加上這次我擁有完美的正義。

你根本沒有勝利的機會。

「……真抱歉，是爸爸錯了。告訴我詳情吧。」

保羅低頭向我道歉。

對吧，即使硬要堅持，也只會讓雙方不幸。

錯了就道歉，這是最好的選擇。

我也出了一口氣，盡可能以客觀角度說明事情經過。

我在爬上山丘時聽到了聲音，原來是三個孩子在休耕的田裡朝著走在路上的一個孩子丟泥巴。我先動手丟了一兩顆泥球後打算說服他們，結果三人卻咒罵著跑走。後來我用魔術幫被丟泥巴的孩子清洗後，就和他一起玩。

大概是這樣的感覺。

「所以如果有人必須道歉，那個叫索馬爾的人應該要先向希露弗道歉。雖然身上的傷很快就會消失，但是內心的傷口卻不會立刻復原。」

「……是啊，是爸爸誤會了。抱歉。」

保羅洩氣地垂下肩膀。

看到他的樣子，我想起白天時羅爾茲說過的話。

「跟你對話似乎會讓他喪失身為父親的自信。」

或許保羅是想透過斥責我的行為，來展現有父親風範的一面吧。

不過，這次失敗了。

「您沒有必要道歉。如果以後又發生您覺得我有錯的事情，請不要心軟盡量斥責我吧。只是，希望您也能聽聽我的解釋。雖然可能會因為說明不足而引起誤解，或是聽起來很像是藉口，但我還是有話想說，希望您可以體諒。」

「嗯，我會注意。不過，感覺你根本不會犯錯啊……」

「那麼請記住教訓，在以後斥責遲早會出生的弟弟或妹妹時做為參考吧。」

「……我會這樣做。」

保羅以明顯的喪氣態度如此自嘲。

我是不是講得太難聽了？居然輸給才五歲的兒子，嗯，是我的話會大受打擊。

畢竟若要成為一個父親，這傢伙還算年輕嘛。

「話說回來，父親大人，您今年是幾歲？」

「嗯？我是二十四歲，怎麼？」

「這樣啊。」

意思是他十九歲就結婚生下我嗎？

雖然我不知道這世界的平均結婚年齡是幾歲，不過看來魔物和戰爭這些都不足為奇，所以十九歲應該是妥當的結婚年齡嗎？

年紀比我小一輪的男人已經結婚生子，正在為了教育問題煩惱。光看這部分，三十四歲卻居無定所沒有職業也欠缺工作經驗的我根本沒有能贏過他的地方……

算了。

「父親大人，以後可以帶希露弗來家裡玩嗎？」

「咦？嗯，當然可以。」

對這答案感到滿足的我和父親一起進入家中。
保羅對魔族沒有偏見真是太好了。

★保羅觀點★

兒子生氣了。
至今為止很少表現出感情的兒子靜靜地散發著猛烈的怒氣。
為什麼會變成這樣？

事情發生在下午，艾特的太太氣勢洶洶地跑來家裡大吼大叫。
她帶著被街坊視為渾小子的兒子，索馬爾，他眼角有淤青。以劍士身分經歷過許多風浪的我看得出來那是被毆打的痕跡。
艾特太太的發言講得不得要領，但簡而言之，似乎是我家的兒子毆打索馬爾。
聽到這些，我內心反而鬆了口氣。
大概是魯迪去外面玩時，看到索馬爾他們在玩所以想加入他們吧。
可是，兒子跟其他小孩不一樣。畢竟才這點年紀就已經是水聖級魔術師。
肯定是大搖大擺地說了什麼狂妄發言，被人反嗆以後就吵架了吧。

兒子雖然聰明又特別老成，但還是有孩子氣的地方。

艾特太太的臉一會兒青一會兒紅，似乎想把事情鬧大，但這次充其量就只是小孩子吵架。仔細看看，那點傷應該也不會留下痕跡。

我教訓兩句就可以了事。

小孩子多少會跟別人動手打架，不過魯迪烏斯比其他小孩更有力量。他不但是年紀輕輕就成為水聖級魔術師的洛琪希的弟子，而且身體還從三歲開始，就在我的指導下持續訓練。

打架的戰況肯定是一面倒。

這次似乎沒出什麼問題，萬一哪天他氣昏頭，說不定會做得太過分。

再說，魯迪烏斯那麼聰明，肯定能找出不打索馬爾就能解決的方法。

所以我必須教育他，出手毆打對方很簡單，所以是必須多思考後才能採取的行動。

得稍微嚴厲一點才行。

雖然我原本是這樣打算，但為什麼會演變成這種狀況……

兒子似乎完全不打算道歉。

別說道歉，他甚至以像是在看小蟲的眼神看著我。

或許對兒子來說，他自認是以對等立場去打了那場架，然而擁有強大力量的人必須對本身實力有所自覺。

更何況他還打傷了對方，總之得讓他道歉。兒子很聰明。也許現在無法接受，不過他遲早能自己找到答案吧。

這樣想的我用強硬語氣想要讓他聽話，他卻回了幾句諷刺的酸話。

聽到這些酸話，一時惱怒的我忍不住出手打了他。

明明我原本打算教育他，說擁有力量的人必須對本身實力有所自覺，不能隨便對比自己弱的對手使用暴力。

但是我卻動了手。

我明白錯的人是我，可是既然我站在要教育他的立場，就不能開口道歉。

就算要求兒子不可以做出自己剛剛才做過的行為，也根本不具備說服力。當我還狼狽得不知所措時，兒子卻拐彎抹角地說明他並沒有做錯，甚至表示如果那樣是錯的，他就要離開這個家。

我差點順著話頭叫他滾出去，不過還是強行忍住。

這是我必須忍住的時機。

其實我本身就是因為在百般限制的家裡受到嚴格父親不容分說地斥責，才厭惡地和他大吵一架後離家出走。

我繼承了父親的血，繼承了那頑固又不知變通的父親的血。

魯迪烏斯也一樣。

看他這種固執的表現，魯迪烏斯果然是我的小孩。

那一天父親叫我立刻滾出去，因此我負氣離家。魯迪烏斯也會離開吧。雖然他剛剛說過會等長大之後才走，不過如果我叫他現在馬上走，恐怕他真的會馬上走。他應該也擁有這種個性。

我聽說父親似乎在我離家旅行後沒多久就病倒過世。而且根據傳言，他在彌留之際似乎還在後悔那天和我吵架的事情。

對於這件事，我多少感到虧欠。

不，還是老實承認吧。我很後悔。

如果拿這件事和現在對照，要是我在這時叫魯迪烏斯滾出去而他也真的走了，毫無疑問會讓人感到後悔。

我自然不用說，魯迪烏斯也會後悔。

所以要忍耐。我不是已經從經驗中學到了教訓嗎？

而且，我在孩子出生時不是也做了決定嗎？要自己別變成父親那樣。

「……真抱歉，是爸爸錯了。告訴我詳情吧。」

我很自然地開口道歉。

於是，魯迪烏斯也放鬆表情，開始淡淡地說明。

原來是他在羅爾茲家的小孩被其他人欺負時正好路過，所以出手幫忙。

魯迪烏斯只有丟了泥巴，別說打人，根本連吵都沒跟對方吵起來。

如果這番話是真相，那麼魯迪烏斯做了能讓自己抬頭挺胸引以為傲的行為。然而，他不但沒有獲得讚許，甚至連解釋也未能說出口就挨了打。

啊……我想起來了。

我自己小時候也曾經碰上好幾次這樣的狀況。父親什麼都不肯聽，只是針對我的缺點不斷指責，每一次都讓我感到滿心鬱悶。

我失敗了，什麼必須教育他啊。

唉……

魯迪烏斯並沒有責備這樣的我，最後甚至還好言安慰。真是優秀的兒子，太優秀了。他真的是我兒子嗎？……不，在有可能成為塞妮絲外遇對象的人中，並沒有哪個父親的小孩優秀成這樣。唔，自己的種居然這麼優良……

與其說讓人感到自豪，反而會讓人胃痛。

「父親，下次可以帶希露弗來家裡玩嗎？」

「咦？噢，當然可以。」

不過，現在還是為兒子第一次交到朋友而感到高興吧。

第八話「遲鈍」

六歲了。

我的生活並沒有什麼變化。

上午練習劍術，下午如果有空就進行實地考察，或是在山丘的大樹下練習魔術。

最近我正在嘗試各種方法，想看看能不能靠魔術製造出一些劍術上的輔助效果。

例如噴出風以提高揮劍的速度，或是發出衝擊波讓自己的身體突然反轉，還有在對方腳下產生泥沼使其無法行動……

或許有人會覺得正是因為滿腦子都在盤算這種耍小聰明的技巧，劍術方面才無法進步。

不過，我不這麼認為。

打格鬥遊戲時，能變強的方法有兩種：

一是找出如何利用較弱的能力來打贏對手的對策。

二是為了提高自己的實力而努力練習。

我目前在研究的就是第一種方法。

課題是要贏過保羅。

保羅很強。雖然以父親來說還不合格，可是做為劍士卻是一流。

如果只重視第二種方式，老實認命地努力鍛鍊身體，的確總有一天能夠贏過他。

我現在六歲，十年後是十六歲，那時保羅是三十五歲。
再過五年就是二十一歲，保羅四十歲。
雖然總有一天會贏，但這種情況其實沒有意義。
因為就算打贏年老的對手，也只會被對方拿「哎呀～要是我還是現役就不一樣啦～」之類的藉口來敷衍。
要在對方狀況最巔峰的時期打贏他才有意義。
保羅現在是二十五歲。
雖然已經退出第一線，然而肉體方面還處於最高峰時期。我希望在接下來五年中至少要贏過他一次。
如果可能，我想靠劍術打贏。不過這感覺難以成功，所以改打劍術混合魔術的近身戰。
我一邊盤算，同時在今天也以保羅為對手進行腦內想像訓練。

★　★　★

只要待在山丘上的大樹下，有很高的機率會碰到希露弗。
「對不起，你等很久了？」

「不，我也剛到。」

我們會講著像是情侶碰面時的台詞，然後才開始玩耍。

一開始那陣子只要我們待在這裡，那個叫索馬爾的傢伙還有其他死小鬼也會跑來。中途還新加入差不多是小學高年級的人，不過全都被我們擊退。每次發生這種事，索馬爾的母親都會跑來我家大吵大鬧。

因為這樣我才發現，其實索馬爾他母親與其說是來吵小孩子的事情，其實好像是對保羅有意思。所以她是拿孩子們之間的爭執當藉口來見保羅，實在有夠蠢。

光是受了點擦傷就被迫前來我家的索馬爾似乎也覺得很受不了。原來他不是那種製造假車禍之類的詐騙分子，真不好意思我之前還懷疑過他。

死小鬼的來襲大概發生了五次吧。

在某一天之後，他們再也沒有出現。我偶爾會看到他們在遠方玩，也曾經和這些人擦身而過，但彼此都不會向對方開口。

看來他們似乎決定要徹底無視我們。

就這樣，這事件也算是有了個結果，山丘上的大樹成了我們的地盤。

★★★

總之，別管死小鬼了，還是來聊聊希露弗吧。

我聲稱只是遊戲，讓他接受魔術的訓練。

因為只要他學會魔術，就能靠自己擊退那些死小鬼。

一開始，希露弗只用了五～六次入門級魔術就會累得直喘氣，過了一年後，他的魔力總量也增加了不少。如果是半天左右的時間，一直進行魔術訓練也沒問題。

「魔力總量有上限」。

這理論的可信度真的非常低。

只是，魔術實力本身倒是還不怎麼樣。

他特別不擅長火系統。希露弗能非常靈巧地操縱風和水魔術，卻只有火一直不行。

為什麼？因為他具備長耳族的血統嗎？

不對。

是洛琪希以前教過我的「擅長系統、不擅長系統」的問題吧。

正如字面所示，每個人都有自己擅長的系統與不擅長的系統。

我曾經問過希露弗是不是怕火。

他雖然搖頭否定，不過卻給我看了他的手掌。上面有一道醜陋的燒傷。

聽說他差不多三歲時，曾經趁著雙親不注意，伸手去抓暖爐裡的鐵棍。

「可是，現在不怕了。」

即使他嘴上這樣說，果然還是會有反射性的恐懼吧。

這類經驗會影響不擅長的系統。

例如礦坑族（矮人），有很多人都不擅長水系統。

因為他們礦坑族（矮人）居住在山地附近，從小就和泥土玩在一起，而且成長時還會跟著父親學習鍛造、挖礦等等，所以比較擅長火跟土。可是在山上活動時，經常會被突然湧出的溫泉燙傷或因為大雨造成的洪流而溺水，所以容易變得不擅長水系統。

大概就是這種感覺，和種族並沒有直接關係。

順道一提，我沒有不擅長的系統。

因為我的成長過程很順利。

其實就算無法用火，也能夠製造出暖風跟溫水。

只是要說明這些概念很麻煩，所以我還是讓他練習火魔術。無論什麼時候，能用火魔術並沒有壞處。例如沙門氏菌只要加熱就會死光，不想因為食物中毒而死，就必須要將食物煮熟。

不過呢，只要使用初級解毒魔術就能夠中和大部分的毒。

希露弗雖然陷入苦戰，卻沒有怨言繼續練習。

大概因為這是他當初自己提出的希望吧。

拿著我的魔杖（洛琪希送我的那支）和我的魔術教科書（從家裡拿來的那本），帶著困擾表情詠唱的希露弗看起來很美。

連身為男人的我都這麼覺得，他將來肯定很受女生歡迎。

（嫉妒心，男兒心……）（註：出自搞笑漫畫《轟天突擊隊》內的角色「蒙面嫉妒」）

我感覺哪裡好像傳來這句台詞，趕緊甩了甩腦袋。

不對不對，嫉妒他也沒有意義。而且，我本來就打算採用這種作戰吧。以帥哥友人為餌的作戰。

希露弗是帥哥，我是普通人，分我一半女生吧♪

「那個……魯迪，這個怎麼唸？」

我正在腦裡唱歌，這時希露弗用手指著魔術教科書的內容，抬眼向我發問。

這個角度也很強力，讓人產生抱住他吻下去的衝動。

我要忍耐。

「這是『雪崩』。」

「是什麼意思？」

「就是指要是山上積了非常大量的雪，那些雪會因為無法承受重量而往下崩落。冬天屋頂上如果積了雪，有時候不是會整片唰地掉下來嗎？就是那種現象的大規模版本。」

「這樣啊……好驚人喔，你看過嗎？」

「雪崩嗎？那當然…………沒看過。」

只有在電視上看過。

我讓希露弗閱讀魔術教科書，這樣也等於是在教他讀書寫字。文字也是一種學會以後並沒有壞處的東西。

雖然我不清楚這個世界的識字率是多少，但肯定不會像現代日本那樣接近百分之一百吧。這個世界並沒有能讓人識字的魔術。

識字率越低，擁有閱讀能力就會越有利。

「成功了！」

希露弗發出開心的叫聲。仔細一看，原來他成功使出了中級的水魔術「冰柱(Ice Pillar)」。地面長出一根相當粗的冰柱，在陽光下閃閃發亮。

「你進步不少呢。」

「嗯！……可是，這本書上沒有魯迪用過的那個吧？」

希露弗歪著頭發問。

「嗯？」

因為他說「我用過的那個」，讓我聯想到是指熱水。

我翻了翻魔術教科書，指著兩個地方。

「有啊，水瀑(Water Fall)跟灼熱手(Heat Hand)。」

「……？」

「要同時使用。」

「……？」

他又歪了歪頭。

「要怎麼同時詠唱兩個咒語？」

糟了，我剛剛完全是根據自己的感覺說明。對喔，不可能同時唸出兩種咒語……

這下我沒資格嘲笑保羅是感覺派了。

「呃……要在不詠唱咒語的情況下使用水瀑（Water Fall），再用灼熱手（Heat Hand）加熱。其中一種即使利用詠唱也沒關係，或是先把水灌進桶子裡，然後再加熱也是一種方法。」

我實際示範以無詠唱同時使用兩個魔術。

希露弗瞪大了眼睛。果然在這個世界，不詠唱就用出魔術似乎算是高等技術。洛琪希無法辦到，據說魔法大學的教師裡也只有一個人能這樣做。

所以，希露弗也應該利用混合魔術，而不是無詠唱方式吧。

因為我認為那樣可以讓他不需要使用高難度技巧也能達到相似的結果。

「教我那個。」

「那個是指什麼？」

「可以不用嘴巴說的那個。」

但希露弗似乎不那麼認為。

是啦，比起交互使用兩個魔術，能一口氣施展看起來是會比較帥。

唔……算了，教他之後如果實在學不會，他自己就會選擇混合魔術吧。

「嗯～好吧。那麼，平常在詠唱時，會覺得魔力從身體裡往指尖集中吧？你試試不詠唱然後重現那個感覺。等到你覺得魔力已經聚集之後，再想像出要使用的魔術，然後試著從指尖擠出魔力……就是用這種感覺練習。一開始拿來想像的魔術要選水彈之類喔。」

有順利讓他聽懂是怎麼回事嗎？

我沒辦法解釋清楚。

希露弗閉著眼睛發出唔唔嗯嗯的聲音，還扭著身體跳起奇妙的舞蹈。

很難向別人解釋憑感覺去做的事情。

無詠唱是要在腦海中想像。所以對每個人來說，做起來順手的方法也會不同吧。

因為我認為一開始的基礎很重要，所以這一年以來，一直讓希露弗靠詠唱使用魔術。

是不是越常使用詠唱，就越難辦到無詠唱呢？這類似過去都用右手去做的事情突然要換成用左手去做，事到如今才要改變是不是很困難呢？

「成功了！我成功了！魯迪！」

然而，實際情況和我的推論似乎不同。

希露弗高興地大叫，連續射出水彈（Water Ball）。

雖說他一直都有詠唱，但畢竟只持續了一年。或許能靠類似把腳踏車輔助輪拆掉的感覺來辦到。這是年輕人特有的感性嗎？還是希露弗的才能？

「好。那麼，接下來要試著以無詠唱的方式來使出至今為止學過的所有魔術。」

「嗯！」

不管怎麼說，如果他可以換成無詠唱方式，我教起來也比較容易。

因為只是把自己的做法一一教給他而已。

「嗯？」

這時，突然有雨滴開始零星落下。

我抬頭看向空中，不知何時天空已被漆黑的烏雲覆蓋。

下一瞬間，下起瀑布般的大雨。

平常我都會觀察天空的情況並進行調整，避免在我們回家之前就下雨，不過今天因為希露弗成功使用了無詠唱魔術，所以我不小心疏忽了。

「哎啊……這雨可真大。」

「魯迪，你可以降雨，卻不能讓它停下嗎？」

「是可以啦，但我們已經被淋濕了，而且農作物要有雨水才會成長。除非村裡通知我說天氣太差造成了困擾，否則我不會動手。」

我們邊說，邊一起跑向格雷拉特家。

因為希露弗他家很遠。

★ ★ ★

「我回來了。」

「不……不好意思……打擾了……」

我一走進家門，就看到女僕莉莉雅拿著一條大毛巾站在門口。

「歡迎回來。魯迪烏斯少爺……跟您的朋友。熱水已經準備好了，請在還沒著涼前上二樓擦拭身體。不過因為老爺跟夫人很快就會回來，我必須去幫他們準備。您一個人沒問題嗎？」

「沒問題。」

莉莉雅似乎是看到大雨後，就預測到我回家時會一身濕。她雖然話很少，而且也幾乎不會找我說話，但確實是優秀的女僕。我並沒有特地說明，她一看到希露弗便立即轉身走入家中，又拿出了另一條大毛巾。

我們兩個脫下鞋子光著腳，先擦過頭髮和腳底後才走上二樓。

走進自己房間後，我看到一個裝有熱水的大桶子。這個世界當然沒有沖澡這回事，甚至連在浴池裡泡澡的文化也沒有，所以是用這種方式來擦洗身體。

不過根據洛琪希的講法，似乎有溫泉。

總之呢，對於不愛洗澡的我來說，有這種東西就夠了。

「嗯？」

我脫掉衣服成為全裸狀態，希露弗卻紅著臉拖拖拉拉。

「怎麼了？不脫掉濕衣服會感冒喔。」

「咦？啊……嗯……」

可是，希露弗還是不動。是不好意思在別人面前脫衣服嗎……或是還沒學會自己脫衣服？真拿他沒辦法，都已經六歲了耶。

「來，舉高雙手。」

「呃……嗯……」

我要希露弗舉起雙手，把已經濕透的上衣一口氣拔起來。

眼前出現膚色雪白沒有肌肉的身軀。我正打算繼續動手幫他脫褲子，希露弗卻抓住了我的手。

「不……不要……」

他是不好意思被人看光光嗎？

我小時候也是。大概是幼稚園時期吧，每次上游泳課時都會脫光沖澡，那種必須被同年齡孩子看到自己身體的狀況讓我莫名感到很難為情。

話雖如此，希露弗的手很冰，不快點脫掉濕衣服真的會感冒。

我強行把他的褲子往下扯。

「別……別這樣……」

接著我把手伸向兒童用的燈籠短褲，腦袋卻挨了一記。

抬頭一看，只見希露弗正含著眼淚瞪我。

「我不會笑你啦。」

「不……不是那樣……討……討厭……！」

這拒絕相當認真。自從認識希露弗後，第一次看到他表現出如此強烈的抗拒。

我有點受打擊。

是那個嗎？長耳族有不能被別人看到裸體的規矩嗎？

如果真是那樣，強迫他脫光也不好……

「我知道了，知道了啦。那你答應我，等會兒一定要換件新的。濕掉的內褲會讓人感覺很不舒服，而且受涼容易拉肚子。」

「嗯……」

我放手後，雙眼含淚的希露弗點了點頭。

真可愛，我想跟這個可愛的少年關係更進一步。

剛產生這種想法，心裡就突然冒出想惡作劇的衝動。

畢竟只有我一個人脫光也很不公平啊。

「有破綻！」

我把手伸向他的內褲，一口氣往下拉。

出現吧！全〇鐘擺！（註：出自輕小說《ミスマルカ興国物語》的ゼンラーマン。）

「咦……不……不要！」

「…………咦？」

希露弗發出慘叫，他立刻蹲下縮成一團藏起自己的身體。

然而那一瞬間，進入我眼中的畫面並不是最近已經看慣的純潔短劍。

當然，也不是浮現著駭人花紋的黑暗長劍。

出現在那裡的是……不，沒有出現在那裡的是——

對……沒有原本該出現的東西。

卻出現了不應該有的東西。

那是生前，我曾在電腦螢幕中看過無數次的東西。

有時會打上馬賽克，有時是無碼。我總是看著螢幕，一邊心想總有一天要舔舔看插插看真貨，同時讓黑色欲望發出白色大砲並擊中紙手帕——這樣的東西正出現在那裡。

希露弗是……

他其實是……「她」才對。

我的腦中一片空白。

我剛剛是不是做了什麼無法一笑置之的事情……？

「魯迪烏斯，你在做什麼……」

我猛然回頭，只見保羅站在後方。他什麼時候回來的？是因為聽到叫聲才前來這房間嗎？

我整個人僵住了，保羅同樣一動也不動。

房裡有全身上下什麼都沒穿，邊哭邊縮成一團的希露弗。

同樣光溜溜的我手上正拿著她的內褲。

而且，我那可愛的小弟弟正以青春洋溢又活力旺盛的狀況展現著自身的存在感。這是完全無法辯解的狀況。

我手中的內褲掉落在地。

明明外面下著大雨，但是我卻覺得內褲落地時的聲音莫名清晰。

★保羅觀點★

結束工作回到家，卻看到兒子正在襲擊他那個玩伴少女。

我差點不分青紅皂白地斥責他，不過還是決定要慎重。這次或許也有什麼內情，不能重蹈上次的覆轍。總之我先將啜泣中的少女交給妻子和女僕照顧，然後自己用熱水幫兒子擦澡。

「你為什麼要做那種事情？」

「對不起。」

一年前我斥責魯迪烏斯時，他表現出絕不道歉的意志，然而這次卻乾脆地開口賠罪。態度也很溫順，就像是被鹽醃過的蔬菜。

「我在問你理由。」

「因為她丟著溼透的衣服不管，我想說幫忙脫掉……」

「可是，她不是不願意嗎？」

「是的……」

「爸爸我說過對女生要溫柔吧？」

「是的…………對不起。」

魯迪烏斯沒有提出任何辯解，我在這種年紀時是什麼樣子啊？

記得總是在說些「因為怎樣怎樣」或「但是怎樣怎樣」之類的發言。是個滿嘴藉口的小鬼，兒子真是了不起。

「總之，你這種年齡的小孩也許會對這方面很有興趣，但是不可以強迫對方。」

「……是的，非常對不起，我不會再犯。」

看到似乎大受打擊的兒子，我感到有點抱歉。

喜歡女人是源自於我的血統。我從年輕時就血氣旺盛也精力高漲，只要見到可愛的女孩，就一個接一個出手。現在雖然算是某種程度的安分，可是以前我真的無法忍耐。

這就是遺傳吧。

對於理性的兒子來說，當然會對這種本能感到煩惱。

為什麼我沒能先注意到這件事呢……不，現在不是該感到共鳴的時候。

而是要根據經驗，告訴他該怎麼做。

「該道歉的對象不是爸爸，而是希露菲葉特。知道嗎？」

「希露菲……葉特……會原諒我嗎……」

「在道歉時，不能從一開始就抱著對方會原諒自己的想法。」

我這樣一說，兒子就更加垂頭喪氣。

仔細一想，魯迪烏斯打從一開始就對那孩子很執著。連一年前的那場騷動，也是為了保護那孩子而做出的行動。結果甚至造成他被我這個父親毆打。

之後他們還是每天都一起玩耍，保護那孩子不受其他小孩欺負。魯迪烏斯邊繼續努力學習劍術和魔術，同時還很勤勞地為她抽出時間。甚至為了和她親近，到了願意把自己最重視的魔杖跟魔術教科書都送給她當禮物。

一想到可能會被那女孩討厭，我也明白他當然會失落。

我以前也是，會因為被人討厭而感到心情沮喪。

不過，放心吧，兒子。根據我的經驗，還可以很輕鬆地挽回。

「沒事，既然你過去都沒有欺負過她，那麼只要真心道歉，她一定會原諒你。」

聽我這麼說，兒子的表情總算稍微放鬆。

畢竟他這麼聰明，即使這次有點出錯，一定也能很快就補救回來吧。

不只這樣，甚至還有可能巧妙利用這次失敗，擄獲對方的心。

雖然可靠卻又令人畏懼。

擦完澡後，兒子對希露菲葉特的第一句發言是這樣：

「對不起，希露菲。因為妳的頭髮很短，所以我一直以為妳是個男孩子！」

原本以為自家兒子很完美，或許他其實是個傻瓜。

我第一次產生這種想法。

★魯迪烏斯觀點★

又道歉又誇獎又好聲安慰後，我總算獲得希露弗的原諒。

因為她其實是女孩子，所以我決定以後要稱呼她為希露菲。

本名好像是叫作希露菲葉特。

保羅對於我居然可以將那麼可愛的女孩子當成男生，很不以為然地給了「你的眼睛是有什麼毛病」的評論。

我也沒料想到自己有一天真的會演出「原來妳其實是女生嗎！」的戲碼。

這也沒辦法啊。畢竟我們第一次相遇時，她的頭髮比我還短。看起來的感覺雖然不像女孩子的極短髮型那麼時髦，但也沒有短到像是平頭。至於服裝方面，她從來不曾打扮成比較像是女孩的模樣，都是穿淺色上衣配褲子。要是她穿上裙子，我也不會弄錯性別。

不……其實只要冷靜想想就知道。

希露菲是因為頭髮顏色而遭到欺負，所以才會把頭髮剪短，好讓髮色不要那麼顯眼。而被人欺負時必須跑著逃走，所以比起裙子，當然會選擇褲子。再加上希露菲家並不富裕。因此做了一條褲子後，就沒有多餘的錢可以做裙子了。

若是再過三年才認識，我也不會弄錯。

只是基於先入為主觀認定她是個長得比較可愛的男孩，實際上希露菲的外型並沒有那麼中性。

如果她……算了，不說了。

說什麼都只是藉口。

既然知道她是女孩，我的態度也跟著改變。

看見打扮得像個男孩子一樣的希露菲，我總覺得有點奇怪。

「希……希露菲妳長得這麼可愛，把頭髮留長一點是不是比較好？」

「咦……？」

要是連外表都能乾脆轉變，也比較能重新來過。

我抱著這種想法提出建議。

雖然希露菲不喜歡自己的頭髮，不過這翠綠色的頭髮在陽光照耀下顯得透亮而閃耀。所以我非常希望她能留長，而且最好能綁成雙馬尾或馬尾。

「不要……」

然而在那天之後，希露菲對我產生了警戒心。

尤其是開始明顯地避開身體上的接觸。

明明至今為止無論我說什麼，她都願意聽從，所以我有點受到打擊。

「這樣啊……那麼今天也來練習以無詠唱方式使用魔術吧。」

「嗯。」

我收起表情，隱藏自己的內心。因為希露菲只有我這個朋友，到頭來還是只能和我一起玩。

雖說她心裡似乎還有芥蒂，不過基本上還是沒有拒絕我。

所以，目前就先接受這種狀況吧。

★　★　★

根據這世界的基準，我目前擁有的技能如下：

「劍術」
劍神流：初級　水神流：初級
「攻擊魔術」
火系：上級　水系：聖級　風系：上級　土系：上級
「治癒魔術」
治療系：中級　解毒系：初級

治癒魔術果然也是分成七個層級，由治療、結界、解毒、神擊四個系統組成。
話雖如此，治癒魔術和攻擊魔術不一樣，並沒有火聖、水聖之類的帥氣名稱。
而是使用聖級治療術師、聖級解毒術師之類的稱呼。
正如字面所示，治療是復原傷口的魔術。一開始頂多只能治療小割傷，只要提昇到帝級，據說連斷掉的手臂都能夠再生。只是，就算達到神級，也無法讓死去的生物復活。

解毒也是如字面所示，是治療中毒或疾病的魔術。只要層級提昇，似乎還能製作出毒藥和解毒藥等等。至於異常狀態的魔術則是聖級以上，據說很難。

結界則是提高防禦力，製造出屏障的魔術。簡而言之就是輔助魔法吧。雖然我不清楚詳情，但我想大概是靠加快新陳代謝來治療輕傷，或是讓大腦分泌神經傳導物質好麻痺痛覺吧？洛琪希無法使用。

神擊系似乎是能對幽靈系魔物以及邪惡的魔族產生有效傷害的魔術。然而這種魔術受到人族的神官戰士刻意隱瞞，聽說魔法大學並未傳授，因此洛琪希也不清楚。

我並沒有親眼看過幽靈，但這個世界似乎真的會出現。

只要不清楚原理，就無法以無詠唱方式來使用魔術，這點實在很不方便。

其實只是攻擊魔術具備類似理科的原理，然而我並不確定其他魔術是否也有原理。我知道「魔力」這種東西就像是萬能的元素，但是我不知道要讓魔力如何變化才能做到什麼事情。

舉例來說，能讓遠處物體浮空或移動到手邊的念動力。

感覺可以靠魔力來造成同樣的效果，然而並不是超能力者的我對於要怎麼做才能再現根本是毫無概念。

順道一提，我對於傷口痊癒的過程也只剩下模糊的印象。我想正是因為這樣，所以我無法以無詠唱使用治療術(Healing)。如果我擁有醫生的知識，或許連治癒魔術也能以無詠唱方式來使用吧。

其他方面也是，要是我生前曾經做過什麼，現在或許就能夠利用魔術再現。

還有如果以前有從事哪種運動，現在的劍術可能已經更進步。

只要想到這些事，我就覺得自己生前真是白白浪費了很多時間。

不，並沒有白白浪費。

的確我沒有工作也沒有上學。然而，我並不是一直在冬眠，而是接觸了各式各樣的遊戲和嗜好……在其他人正全力對付工作或課業的時間裡。

所以那些遊戲的知識、經驗、還有思考方式，在這個世界裡也能派上用場。

應該可以……！

不過嘛，目前還沒有派上用場啦。

★　★　★

那天和保羅一起進行劍術鍛鍊時。

「唉……」

我忍不住嘆了口氣。

原本以為這麼明顯嘆氣會讓保羅生氣，沒想到他卻一臉賊笑。

「哦～魯迪，我知道了。你是因為被希露菲葉特討厭而心情沮喪吧？」

我剛剛並不是因為這件事情才嘆氣。

雖然不是，但希露菲的事情的確也是煩惱之一。

「嗯，是啊。劍術也沒有進步，還被希露菲討厭，當然會想嘆氣。」

保羅咧嘴一笑，把木劍插入地面。接著把身體靠向木劍，放低視線看著我。

這傢伙該不會是想嘲笑我吧。

「爸爸可以給你一些建議喔。」

他講出讓我意外的發言。

我考慮了一會兒。

身為我父親的保羅相當受女性歡迎。塞妮絲可以算是美女，還有艾特太太那個例子，連莉雅被保羅摸屁股時也表現出實際上並不討厭的表情。不會被女孩子討厭的祕訣，還有能邁向現充之路到底是什麼？因為他是感覺派，我可能難以理解，不過或許當作參考。

「拜託您了。」

「嗯～怎麼辦呢～」

「要我舔您的鞋子嗎？」

「我說你，怎麼突然變那麼卑微。」

「要是您不教我，我就把您試圖勾搭莉莉雅的事情告訴母親大人。」

「這次的態度怎麼反而變得這麼囂張……不對！喂！你看到了嗎！我知道了，我知道了啦。我不該吊你胃口。」

所謂「試圖勾搭莉莉雅」只是在套他話而已耶……

難道是——外遇？

算了，這代表這傢伙的確很受歡迎，來聽聽萬人迷的講學吧。

「你聽好了，魯迪。所謂女性呢……」

「是。」

「雖然喜歡男性強大的一面，不過也喜歡脆弱的部分。」

「哦？」

我好像有聽過類似的事情，好像是母性本能之類的理論？

「你在希露菲葉特面前，只展現過強大的部分吧？」

「這個嘛……我沒什麼自覺。」

「你可以想像一下，如果有一個明顯比自己強大的傢伙帶著明顯欲望步步進逼，你會產生什麼反應？」

「應該會感到害怕。」

「是吧？」

這是在說那天的事情吧？希露菲從「他」成為「她」的那一天。

「所以你必須展現自己弱小的部分。以強大的部分保護對方，並讓對方保護自己脆弱的部分。就是要建立起這樣的關係。」

「哦！」

簡單易懂！真不像是感覺派的保羅會說的話！

只有強大行不通，但只有弱小也不行。然而只要兼備雙方，就能受到女孩子歡迎！

「可是，要怎麼展現脆弱的部分呢？」

「這還不簡單，你最近正在煩惱吧？」

「嗯。」

「所以你只要用明顯的態度，把這個一直隱瞞著的煩惱展現在希露菲葉特面前。告訴她：『我真的很不知所措，因為被妳討厭而喪氣失落。』」

「然……然後會怎麼樣？」

保羅笑了，這表情很邪惡。

「如果順利，對方就會主動靠近，或許還會安慰你。之後，你要打起精神。只要看到對方因為自己願意和好而恢復精神，所有人都會感到開心。」

「！」

原來如此，用自己的態度去控制對方的感情嗎……

不愧是保羅，然而也無法保證實際狀況會按照計畫演變吧？

「萬……萬一這招不行，我該怎麼辦？」

「那時你再來找我，我教你下一招。」

居然還有下一步！策士，這個男人真是個策士！

「原……原來如此，那我現在立刻就去！」

「快去快去。」

保羅對著我揮了揮手，滿心焦躁的我衝了出去。

「我到底跟六歲的兒子說了什麼……」

這時，總覺得後面傳來這樣一句話。

★★★

雖然到達大樹下，但時間還太早，希露菲並不在。

帶著木劍這點和平時一樣，不過我通常會擦乾身體才過來，今天則是滿身汗。怎麼辦？唔，好像也不能怎麼辦，這種時候要在腦內進行練習。我揮舞著木劍，同時模擬狀況。強大的部分已經展現過了，下一次要讓她看看自己的脆弱一面。脆弱面……保羅是說要我怎麼做？對，讓她看到自己心情低落的模樣。不過該怎麼做？時機呢？要突然表現出來嗎？那樣會很奇怪吧？

應該要看狀況演變後趁機表現出來。我能做到嗎？不，我一定要做到。
由於我一邊思考著這些事情一邊揮劍，或許是握力在不知不覺間變弱，木劍飛了出去。
「啊……」
正好掉在希露菲前方，我的腦袋一片空白。
怎……怎麼辦？我該說什麼？
「怎……怎麼了，魯迪……？」
希露菲看著我，瞪大了眼睛。她為什麼問我怎麼了？是因為我太早來了嗎？
「嗯……呼……呼……我……我只是覺得看不到希露菲可愛的樣子……很遺憾……」
「我……我不是問這個，我是問你怎麼滿身汗水……」
「呼……呼……汗水？汗水怎麼了……？」
我喘著氣靠近，她卻帶著害怕神情後退。和平時一樣，希露菲總是和我拉開一定的距離。
我明明這麼迷戀著妳，妳卻如此害怕。
「……」
汗水從額頭上滴落，呼吸也總算平穩下來。好。
我表現出一副深受打擊的模樣，伸手抵在樹幹上，擺出反省的姿勢。雙肩失落地垂下，重重嘆了口氣。
「唉……最近的希露菲很冷淡呢……」

沉默持續了一陣子。

這樣就行了嗎？這樣可以嗎，保羅？是不是該表現得更無助脆弱一些？還是說我的態度太刻意了？

「！」

我的手被人從後方緊緊握住。感覺到溫暖和柔軟的感觸後，我一回頭，就看到希露菲出現在眼前。

喔……喔喔喔！

居然這麼近！希露菲有好一陣子都不願意和我如此接近。保羅先生！我成功了！

「因為……最近的魯迪，有點奇怪呀……」

希露菲以有點寂寞的表情如此說道。這下我才猛然回神。

嗯，這點我有自覺。

不用說，我的確沒有用同樣態度對待她。

看在希露菲的眼裡，這正可以說是一百八十度的大轉變吧？差異之大，就宛如那些在相親活動中發現對方其實還另有一筆財產的女性。

當然會感到不舒服。不過既然是這樣，我到底該用什麼態度面對她呢？

如果要我和以前一樣，只能說實在無法辦到。和這麼可愛的女孩子相處，我怎麼可能不緊張。

一個年齡和自己差不多，還很年幼，長得又很可愛的女孩子。我不知道該如何和這樣的人物友好相處。

如果我是大人，或希露菲再長大一些，我應該會動用所有來自成人遊戲那類東西的知識，想辦法解決。如果對象是男性，我可以活用當初弟弟還小時的經驗。然而她是個女孩子，還是和自己年紀差不多的小女孩。當然，我有玩過和這種年齡層的女孩子們在性方面「友好相處」的遊戲，但那種東西充其量只是幻想。而且，我並不是想要和她變成那樣的關係。因為希露菲還太小，不在我的守備範圍內。

總之，目前暫時是這樣，不過我很期待將來！

這些事情先暫且不論。希露菲是個被人霸凌的孩子。我過去遭到霸凌時，沒有人站在我這邊。所以，我希望自己能成為她的朋友，無論她是男是女都一樣，只有這部分不會改變。然而，我實在沒辦法用和過去相同的態度對待她。畢竟我也是男孩子，希望能和可愛的女孩建立良好的關係。

為了今後！

唔……實在搞不懂，我該怎麼做？早知道連這些事也該先問過保羅。

「……對不起。可是，我不討厭魯迪。」

「希……希露菲……」

我露出沒出息的表情後，希露菲摸了摸我的頭。

而且，她還對我靦腆一笑，那是個溫柔的笑容。

我很感動。

明明是我不好，她卻向我道歉。

我抓住希露菲的手，緊緊握住。

希露菲那有點吃驚的表情染上紅暈，抬著眼看向我。

「所以……你要像平常那樣喔。」

在這種動作下講出的這句話具備強大威力。

足以讓我做出決斷。

我下定決心。

沒錯，她希望一切如常。

也就是和過去相同的關係。所以我要盡可能以平常態度對待她。

為了避免讓她害怕，讓她不知所措，我對待她時必須確實藏起身為男性的部分。

換句話說，就是「那個」，只要成為「那個」就行了。

好，我就來成為「那個」吧。

成為遲鈍系男主角！

第九話「緊急家族會議」

塞妮絲確定懷孕，弟弟或妹妹將會誕生。

家人會增加，太棒了小魯迪！

塞妮絲這幾年都在煩惱。

對於在我之後遲遲都沒有懷孕的狀況，她一直感到很介意。

塞妮絲曾經嘆著氣懷疑自己是不是已經無法再生小孩，然而約在一個月前，從味覺的變化開始，她出現噁心、嘔吐和疲勞感等俗稱害喜的各式症狀。由於是還有印象的感覺，去看過醫生之後，聽說對方診斷出應該是懷孕了沒有錯。

這個報告讓格雷拉特家整個沸騰。

如果是男孩要叫什麼？女孩的話要叫什麼？還有空房吧？嬰兒服可以用魯迪以前的……有聊不完的話題。

那一天家裡一直很熱鬧，笑聲不絕於耳。我也率直地表示喜悅，並提出自己比較想要妹妹的主張，因為弟弟會打壞我的重要物品（用球棒）。

然後。

又過了一個月之後，問題浮上檯面。

★ ★ ★

女僕莉莉雅懷孕的事實曝光。

「非常抱歉，我懷孕了。」

在家人都到齊的桌邊，莉莉雅淡淡地報告她懷孕的消息。

這瞬間，格雷拉特家整個結凍。

（對方是誰……？）

當時完全不是能提問這點的氣氛。

所有人都隱約有猜想到答案。莉莉雅是個勤奮的女僕，大部分的薪水也都寄回老家。她和為了解決村子問題而時常外出的保羅，還有定期去村裡診所幫忙的塞妮絲不一樣，除了因公外出，幾乎不會離家。也沒聽說過莉莉雅和誰特別親近的傳聞。

原本有想到可能是哪個萍水相逢的人……

不過，我知道一些事。

例如保羅在塞妮絲懷孕後，只能被迫過著禁欲生活。還有性欲高漲的這傢伙曾經在夜裡偷偷前往莉莉雅的房間。

如果我是個真正的小孩，大概會以為他們是在玩撲克牌吧。

然而很遺憾，我清楚得很。清楚他們兩人不是在玩抽鬼牌，而是瞞著母親做了某種勾當。

不過，真希望他們能小心一點，那兩人不是有說過嗎？

「各位好孩子們！『肯幹就會有結果』真的是一句格言，告訴我們避孕真的很重要！」

（註：「那兩人」是指在 2ch 上以字元圖畫成的二人組，經常以「各位好孩子們（良い子の諸君）」開頭，講一些有的沒有的歪理）

真希望把這句話告訴臉色發青的保羅。

算了，我也不知道這世界有沒有避孕的概念。

當然，我不打算揭露這件事以免造成家庭崩壞。

如果是平時，我不會原諒對女僕出手的傢伙。

不過，保羅在希露菲那件事上幫助過我，所以這次就放過他吧。

受歡迎的男人也很辛苦。要是他被懷疑，我就幫忙掩飾吧，甚至還可以幫他捏造假的不在場證明。我做出決定後，以意思是「放心吧」的視線對保羅使眼色。

然而，一臉懷疑的塞妮絲也在同時看向保羅。

就這樣在巧合狀態下，我跟塞妮絲的視線一起落到保羅身上。

「對……對不起，大……大概是……我的孩子……」

那傢伙兩三下就招了。

真沒用……不，該稱讚他是老實的男人嗎？搞不好只是因為平常他總喜歡在家人齊聚一堂的時候，擺出一副了不起的模樣教育我必須「正直」、「像個男人」、「保護女孩子」、「不要做不誠實的事情」等等，因此現在拉不下臉說謊。

這樣不是很好嗎？我並不討厭保羅的這種地方。

（不過狀況卻是糟透了……）

看到塞妮絲帶著宛如鬼神的表情站起身子然後高舉起手，我心裡不由得這樣想。

就這樣，一家人再加上莉莉絲，緊急召開家庭會議。

★　★　★

最早打破沉默的人是塞妮絲。

她掌握了會議的主導權。

「那麼，你們打算怎麼辦？」

在我看來，塞妮絲極為冷靜。

面對外遇的丈夫，她並沒有歇斯底里，只是賞了他一巴掌。

保羅的臉頰上浮現楓葉型的紅色印記。

「我想在幫助夫人生產後，辭職離開這裡。」

回答的人是莉莉雅，她也極為冷靜。或許在這個世界中，這是常見的事情。僱主對女僕出手，造成問題後，女僕只能離開。

嗯。

如果是平時，這種悲慘的故事應該會讓我感到興奮。不過，再怎麼說這種空氣還是讓我毫無反應，畢竟我也有節操，和保羅不一樣。

順道一提，保羅正在角落縮成一團。

父親的威嚴？哪來那種東西。

「孩子怎麼辦？」

「我預計在菲托亞領地內生產後，帶回故鄉養育。」

「妳的故鄉在南方吧？」

「是。」

「剛生完孩子消耗掉許多體力的妳，無法負荷長途旅行吧。」

「……或許吧，但也沒有其他能投靠的地方。」

菲托亞領地位於阿斯拉王國的東北部。

根據我的知識，要前往在阿斯拉王國內被視為「南部」的地區，即使連續換乘公共馬車也要花上將近一個月。雖說時間長達一個月，不過阿斯拉王國的治安與氣候都不錯。所以只要利用公共馬車，這趟旅途倒不能算是非常嚴酷。

然而，那是只能套用在一般旅人身上的情況。

莉莉雅沒有錢。既然沒錢搭乘公共馬車，她只能徒步。

就算格雷拉特家幫忙出旅費讓她能夠使用公共馬車，危險性也不會改變。

剛生產完的母親隻身帶著嬰兒旅行。如果我是壞人，遇上這樣的旅人會怎麼做？

當然會襲擊她們啊。這是最棒的肥羊，和身上貼了標籤說「請襲擊我」根本沒什麼兩樣。首先把孩子當人質，再利用隨便的口頭承諾來抓住母親。接著總之先把身上金錢和物品都洗劫一空。最後這個世界似乎有奴隸制度，因此只要把母親跟小孩都賣掉就做完一筆買賣。

縱使阿斯拉據說是這世界裡治安最好的國家，應該也不是完全沒有壞人。她遭到襲擊的機率應該很高吧。

塞妮絲說得對，體力也是問題。就算莉莉雅的體力能撐住，小孩呢？

剛出生的嬰兒能承受長達一個月的旅途嗎？

不可能吧。

當然，旅途中只要莉莉雅不支，孩子也會被拖下水。生病時萬一沒錢看醫生，最後母子也會一起倒下。

我眼前已經浮現出莉莉雅抱著嬰兒倒在大雪中的情景。

以我來說，並不希望莉莉雅是那樣死去。

「那個……孩子的媽，那樣實在是……」

「你給我閉嘴！」

保羅戰戰兢兢地開口，被塞妮絲斬釘截鐵地喝斥後，只能像個小孩縮成一團。

在這件事情上，他沒有發言權。保羅根本派不上用場。

「……………」

塞妮絲帶著為難表情咬著指甲，看來她也在猶豫。

她對莉莉雅並沒有憎恨到想殺了她的地步。

甚至該說兩人關係很好。她們六年以來都一起從事家務，即使稱為摯友也不為過吧。

如果莉莉雅肚子裡小孩的父親不是保羅。

例如假設這是被人拖進巷子裡強暴後才懷上的小孩，塞妮絲一定會毫不猶豫地保護莉莉雅，允許……不，強制她在我們家養育小孩吧。畢竟根據對話發展，這個世界似乎沒有墮胎這種概念。

我認為現在塞妮絲內心正有兩種感情在互相對立。

一方是好意，另一方是感覺自己遭到背叛的心情。

我認為在這種狀況下感情還沒有偏向後者的塞妮絲很了不起，如果是我，肯定會因為滿心嫉妒而立刻把對方趕出家門。

塞妮絲能保持冷靜的原因，和莉莉雅的態度應該也有關係。莉莉雅完全沒有找藉口脫罪，而是打算自己負起責任，負起背叛長年僱主的責任。

可是如果要問我的意見，該負責任的人是保羅。讓莉莉雅一個人負責是不正常的狀況。

絕對很奇怪。

不能用這種奇怪的方式離別。

我決定幫助莉莉雅，我受過她很多照顧。雖然我和她之間並沒有太多交集，她也幾乎不會主動對我搭話。

然而她對我確實照顧得很盡心。練習劍術出了一身汗時，她會準備好毛巾；下雨被淋濕時，她會準備好熱水；特別寒冷的夜晚裡，她會準備好毯子；要是我忘了把書收回架上，她也會幫忙仔細整理。

而且最重要的一點。

最重要……對，最重要的一點。

她知道聖物（內褲）的存在，卻為我保守祕密。

沒錯，莉莉雅知道這件事。

那時候我還認為希露菲是個男孩。

當天下著雨，也算是為了複習，我待在自己房裡閱讀植物辭典。不久之後，莉莉雅進入房間開始掃除。注意力全放在辭典上的我沒有注意到她正在清潔神龕附近，等我回神時已經慢了一步，聖物到了莉莉雅的手上。

我感到難以置信。的確我當了將近二十年的家裡蹲，向來肆無忌憚正大光明地亂丟東西，電腦的桌面上甚至有名為「色情圖片」的文件夾。所以，我的藏匿技能或許已經退步生疏。但是，我萬萬沒想到會如此簡單地被發現。明明我藏得相當認真啊……這就是名為女僕的生物嗎？

我心裡有某種東西開始崩潰，同時還聽見血液一口氣撤出腦袋的聲音。

訊問開始。

莉莉雅說：「這是什麼？」

我回答：「那……那那那是……是是是什麼呢？」

莉莉雅說：「好像有股味道。」

我回答：「大……大概或許可能是芝麻辣油的味道吧？」

莉莉雅說：「這是誰的？」

我回答：「…………對不起，是洛琪希的。」

莉莉雅說：「還是拿去洗一洗比較好吧？」

我回答：「千萬絕對不能洗！」

莉莉雅一言不發地把聖物（內褲）放回神龕（藏匿處）。

然後，轉身背對渾身發抖的我，離開房間。

那天晚上，我已經做好面對家庭會議的心理準備。

可是，什麼都沒發生。

那天深夜，我是躲在被窩裡邊發抖邊度過。然而即使到了第二天早上，還是什麼事情都沒發生。

她沒有向任何人提起。

所以現在，我就來報答這段恩情吧。

「母親大人，明明我可以一口氣增加兩個弟弟或妹妹，為什麼氣氛卻這麼凝重呢？」

要盡可能像個小孩。

原來莉莉雅也懷孕了。太好了，家裡會變成好多人！這樣為什麼要生氣呢？

我一邊表現出這種態度，同時開口提問。

「因為你父親跟莉莉雅做了不該做的事情。」

塞妮絲邊嘆氣邊回答，她的語氣中包含了深不見底的憤怒。然而，憤怒的對象並非莉莉雅，因為塞妮絲自己也很清楚。

實際上錯得最嚴重的人到底是誰。

「這樣啊。可是，莉莉雅能夠反抗父親大人嗎？」

「什麼意思？」

既然如此，雖說對保羅不太公平，但這次是他自作自受。就讓他背起所有罪名吧。

抱歉啦，希露菲那件事要等下一次才能報答。

「我知道喔，父親大人逮住了莉莉雅的把柄。」

「咦？真的嗎！」

塞妮絲相信我的胡謅，詫異地看向莉莉雅。

莉莉雅雖然依舊面無表情，不過似乎對此心裡有數，只見她的眉毛抬了一下。她是不是真的有把柄在保羅手上呢？不過如果根據平日的言行，我反而覺得是莉莉雅握有保羅的把柄……

算了，這樣正好。

「之前有一次，我半夜去廁所時經過了莉莉雅的房門口，結果聽到父親大人說……『要是不希望那件事被抖出去，就乖乖張開雙腿』之類的話。」

「啥！魯迪，你說什麼蠢話……」

「你給我閉嘴！」

塞妮絲厲聲喝斥，制止保羅的發言。

「莉莉雅，剛剛魯迪說的這些話是真的嗎？」

「不，這種事……」

莉莉雅開口欲答，視線卻在到處亂飄。

她是真的有印象嗎？不過也有可能是他們玩過這類「情境」啦。

「也是，以妳的立場，即使確實發生過那種事也無法明講……」

看到莉莉雅的態度，塞妮絲自己做了結論。

保羅驚慌失措地張大嘴巴，卻什麼都說不出來，只能像金魚那樣把嘴一開一闔。

好，乘勝追擊。

「母親大人，我覺得莉莉雅沒有錯。」

「是啊。」

「是父親大人不好。」

「……是啊。」

「既然是父親大人不好，卻讓莉莉雅碰上辛苦的遭遇，這是不對的事情。」

「…………是啊。」

反應很冷淡……還得再加把勁。

「我和希露菲在一起，每天都感到很開心。所以如果將來出生的弟弟妹妹也能有年齡差不多的朋友，是不是比較好呢？」

「……是……啊。」

「而且，母親大人。對我來說，兩邊都是我的兄弟姊妹。」

「…………我明白了。唉，真是講不贏魯迪呢。」

塞妮絲重重嘆了口氣。

抱歉要讓妳多費心了，媽媽。

「莉莉雅，留在我們家吧。妳已經是一家人了！我不允許妳擅自離開！」

決定性的一聲。

保羅瞪大雙眼，莉莉雅伸手掩住嘴，眼裡含著淚水。

於是，此事告一段落。

★★★

就這樣，我把所有責任都推給保羅後，事態總算和平落幕。

最後，塞妮絲以冷酷的視線看了保羅一眼，彷彿是在看即將被屠殺的肉豬。

或許在某些業界裡這樣算是獎賞，但我的卵蛋倒是整個都縮了。

塞妮絲帶著這種眼神，一個人離開回到寢室。

莉莉雅哭了。臉上依舊面無表情，只有淚水不斷從眼中落下。

保羅猶豫著是否該摟住她的肩膀。

總之，這裡就交給花花公子吧。

我追著塞妮絲前往他們的寢室。萬一塞妮絲和保羅因為這件事而離婚，那也是個問題。

我敲了敲房門，塞妮絲很快出來應門。

「母親大人，剛剛那些話是我想出來的謊言，請不要因此討厭父親大人。」

我沒有先說任何開場白，直接講出重點。

塞妮絲似乎有點愣住，不過隨即苦笑了一下，帶著溫柔表情摸了摸我的頭。

「我知道，畢竟我也不認為自己會愛上那種壞男人。那傢伙又笨又喜歡女人，所以我早就做好心理準備，認為總有一天會發生這種事。今天只是因為太突然了才會嚇了一跳。」

「……父親大人很喜歡女人嗎？」

我不自覺地裝作不知情的模樣發問。

「是啊。最近比較不會，但以前根本毫無節操。說不定在哪裡有魯迪的哥哥或姊姊，只是我不知道而已。」

這時，她加重了摸我腦袋的力道。

「魯迪不可以變成那樣的大人喔。」

摸著……不，抓住我腦袋的手越來越用力……

「你要好好對待希露菲才行喔。」

「好痛、好痛……那當然，母親大人。真的好痛。」

感覺我今後的行動已經收到凶狠的事前警告。

不過，看這狀況應該沒事了吧？至於以後會如何發展，就要看保羅的努力。

話說回來，我們家的爸爸還真是皮得讓人困擾。

可沒有第二次了喔，señor。（註：señor 是西班牙文的「先生」）

第二天。

劍術訓練超級嚴格。

我甚至還幫忙收拾殘局，可以不要遷怒到我身上嗎？

★莉莉雅觀點★

直截了當地說吧。

懷孕是我的錯，因為是我主動引誘保羅。

剛來到這個家時，我並沒有這種想法。可是，每天晚上聽著他們兩人的喘息聲，打掃充滿男女氣味的房間，我畢竟是女人，性欲還是會累積。

一開始是自己動手解決。

然而，看到每天在院子裡練習劍術的保羅，沒能徹底消除的餘火就在身體深處越燒越旺。
只要看著保羅練習劍術，我就會想起第一次的經驗。
那時我比現在年輕得多，還住在劍道道場。對象正是保羅，而且還是霸王硬上弓的夜襲。
雖然我不討厭他，但那時也並非彼此相愛。由於那根本無法算是浪漫經歷，當初我還因此落淚。
可是，下一個對我有意思的人卻是渾身脂肪的大臣。
一想到保羅其實比那玩意好得多，讓我對此事也釋懷了。
聽說保羅在招募女僕時也是，我只想著可以把當時的事情當成交涉材料。

許久不見的保羅比過去更有男子氣概。
過去像個少年的不成熟部分已經消失，成為兼備嚴格和強大的男人。
我認為自己面對這樣的男人，能忍耐六年已經算是很了不起。
一開始，保羅也沒有試圖引誘我。
如果能保持這樣，內心欲火也會逐漸平息吧。
然而，他偶爾的性騷擾行動卻讓我的情欲之火猛烈燃燒。
雖然還能夠忍耐，不過我自己也很清楚正處於微妙的平衡。
塞妮絲懷孕讓這個平衡遭到破壞。

看到保羅滿腔性欲無處發洩，我卻認為是大好機會。因為覺得是好機會，我甚至引誘他前來我的房間……

所以，是我不好。我認為懷孕是天罰。是輸給欲望，背叛塞妮絲的懲罰。

可是，我獲得了原諒。

魯迪烏斯原諒了我。

那個聰明的孩子很正確地理解到發生了什麼事，精準地誘導對話，甚至完美地把事態帶向能解決的妥協點。

冷靜到就像是他以前曾經歷過同樣的事情。

有夠詭異……不，我不能再這樣批評他。

我認為魯迪烏斯很詭異恐怖，因此一直在避開他。

他很聰明，想必有發現我刻意避開的態度。然而，明明這種行為想必會讓他感到不快，魯迪烏斯卻出手幫助這樣的我。

比起自己的感情，他選擇了拯救我和肚子裡的孩子。

對於自己認定他很奇怪而一直躲避的行為，我感到很羞恥。

他是我的救命恩人，是應該尊敬的人物。

我要敬重他。他是我必須獻上最大程度的敬意，衷心服侍至死的人物。不……畢竟我過去一直不把他當一回事，光靠自己無法償還完這份恩情吧。

對了。

如果肚子裡的孩子能平安出生，順利長大。

就讓這孩子跟著魯迪烏斯……

讓這孩子好好侍奉魯迪烏斯少爺。

★魯迪烏斯觀點★

那之後又過了幾個月，沒有發生什麼特別的事情。

希露菲的成長很明顯。到中級魔術為止，她都能夠以無詠唱方式使用，而且也慢慢能夠進行一些精細的操作。

相較之下，我的劍術則沒什麼變化。

雖然好像有進步，然而到現在我依然不曾從保羅手上贏過任何一場，因此沒什麼實感。

還有，莉莉雅的態度軟化了。過去她對我似乎一直抱著戒心。嗯，畢竟我從小就毫不克制地使用魔術，這也是理所當然。

基本上她依舊面無表情，不過最近的發言和行動卻時時透露出相當誇張的敬意。當然被人尊敬的感覺很好，然而這樣保羅會很沒面子，還是希望她能適可而止。

總之，自從上次事件之後，我和莉莉雅開始會稍微對話。

主要是聊保羅的往事。

據說莉莉雅以前曾經和保羅在同一個道場學習劍術。

當時的保羅具備才能，但討厭練習，還常常翹掉練習跑去街上四處玩樂。莉莉雅就是那時被保羅在夜裡溜來寢室襲擊而失去了純潔，之後害怕這件事曝光的保羅逃離了道場。

她淡淡地對我敘述這些事情。

聽過越多莉莉雅的往事，保羅在我內心的地位就越低落。

強姦加外遇，真是個人渣。

不過，保羅的本性並不壞。他似乎是自由奔放又孩子氣，能激發母性本能的類型，在我面前也努力擺出像個父親的樣子。所以保羅只是有點欠缺忍耐力，而且想到什麼就做什麼的率直型，絕不是個壞傢伙。

「怎麼了？一直看著我。想成為父親這種帥氣男人嗎？」

發現我在劍術訓練時盯著他瞧，保羅這樣問道。

真是個白痴。

「因為外遇而製造出家庭崩壞危機的男人算是帥氣嗎？」

「咕唔……」

保羅臉色很難看。看到這表情，我決定自己也要小心。

基本上我可是遲鈍系。我才不會搞外遇，而是女孩子們自己要爭奪我，我只是會促使事態演變成那樣而已。

「總之，如果那次事件讓您得到了教訓，以後請不要對母親大人以外的女性出手。」

「莉……莉莉雅沒關係吧？」

這個男人似乎還沒學到教訓。

「下次母親大人或許會一言不發地直接回娘家……」

「咕……唔……」

這傢伙該不會因為家裡有兩個女性共存，就認定自己建立了後宮吧？娶到美女老婆，又聘了個隨時可以出手的女僕，邊教兒子劍術邊在鄉下過著糜爛的隱居生活。

喂喂，太讓人羨慕了吧！這不是最棒的結局之一嗎？

若以某輕小說為例，就等於是同時對露○絲和謝○妲兩人出手還能平安無事。（註：出自輕小說《零之使魔》的女主角露易絲和主角專屬女僕謝絲妲）

我是不是也該放棄主張自己是什麼遲鈍系，乾脆去效法他呢……？

不，不行，冷靜。想想上次那場家族會議時，塞妮絲最後的眼神。

想被人用那種眼神看待嗎？

老婆只要一個就夠了。

「既……既然你也是男人，應該可以理解吧？」

保羅還打算繼續糾纏。我雖然可以理解，但是並不認同。

「您想讓才六歲的兒子理解什麼呢？」

「就是……你自己也已經先訂下希露菲了吧？那孩子將來肯定會成為美人。」

這點我只能同意。

「是啊，不過我認為她現在就已經十分可愛。」

「你明明很懂嘛。」

「也是啦。」

雖然保羅是個人渣，但我們兩個還是很談得來。

因為即使我的外表是小孩，精神年齡卻是超過四十的尼特族，是名副其實的人渣。

僅限於玩遊戲時，我喜歡女孩子，也非常喜歡後宮。所以本質部分或許和喜歡調戲女性的保羅沒什麼差別。

或者該說，我是在扒光希露菲的事件後，才發現自己和保羅談得來。

總覺得在那次事件後，保羅開始主動接近，打破兩人之間的隔閡。或許是因為我展現出軟弱一面，保羅也不再勉強他自己成為一個嚴厲的父親。這代表他也成長了。

「呼呼……」

這時，我注意到保羅一臉賊笑。

他的視線並沒有放在我身上，而是投向我身後。我回頭望去，只見希露菲站在後面。她難得主動來我家。

仔細一看，她的臉頰染上一些紅暈，態度也有點忸忸怩怩。

看樣子是聽到了剛才的對話。

「好啦，把剛剛的話再說一遍給她聽吧。」

保羅的挖苦還真是古典。

我哼地一笑。真是的，不懂的人是你。

看來保羅其實也還太嫩。

就算是能讓人心情愉快的發言，在聽過好幾次後就會慢慢習慣，造成的刺激也會越來越薄弱。所以要故作遲鈍，偶爾以「不小心說出真心話」的態度講出那類台詞，這樣才會有效果。

只能是偶爾，不能說第二次。

因此我什麼都沒說，只是微微一笑，對著希露菲揮手。

再說，希露菲才六歲。要討論這種話題還早了十年。

要是我從現在就開始不斷稱讚她可愛或是拚命寵她，以後也不會成為什麼正經女性。

我生前的姊姊就是個好例子。

「那……那個啊……魯迪也……那個……很帥……喔。」

「是嗎？謝謝妳，希露菲。」

我咧嘴一笑，（自以為）露出了閃閃發光的牙齒。

不愧是希露菲，果然很擅長社交辭令。看到她那種從下往上看我的眼神，我差點信以為真。

雖然稱讚希露菲可愛的確是出自我的真心，然而其中並不包含戀愛感情。

我是指目前。

「那麼父親大人，我出門了。」

「可別在草叢裡推倒她啊。」

誰會那樣做，我又不是你。

「母親大人！父親大人他——」

「哇！別說啊……！」

今天我們家也很和平。

★ ★ ★

又過了一段時間後，塞妮絲生產了。

那時非常辛苦，因為是臀位。

由於莉莉雅也是孕婦，因此叫村裡的產婆前來幫忙，然而那個老婆婆卻說她無計可施。就是如此嚴重的難產。

分娩花了很多時間，母子都陷入危險的狀況。

莉莉雅動員她擁有的一切知識，拚命地幫忙。我雖然只能盡一份微力，但也持續施展治療魔術。

我們的努力沒有白費，總算成功生產。

嬰兒平安地在這世界誕生，發出充滿精神的第一聲哭聲。

是女孩子。是妹妹，幸好不是弟弟。

我們才稍微鬆了一口氣，這時莉莉雅卻出現要生了的徵兆。

在每個人都累得筋疲力竭，才剛放下緊張感的那瞬間卻又有狀況。

早產這個名詞在我的腦中跳動。

不過，這次產婆派上了用場。雖然她對臀位的對應很糟糕，不過早產方面似乎很有經驗。

年紀大果然閱歷多嗎？

我立刻遵照產婆的指示行動。首先對已經嚇呆的保羅屁股踹了一腳，讓他把莉莉雅搬到我的房間。這段時間內我利用魔術再度製造出給新生兒用的熱水，把家裡的乾淨毛巾全都搜括一空，回到產婆身旁。

接下來，就交給她了。

第一章　幼年期

孩子誕生的瞬間，莉莉雅堅強地叫著保羅。

滿頭大汗的保羅也緊緊握住莉莉雅的手。

生下來的孩子雖然體型比塞妮絲的女兒小，不過也發出了很有精神的哭聲。

這邊也是女孩。

兩個都是女兒，都是妹妹。

兩邊都是女孩子嗎——保羅臉上露出傻呵呵的笑容。

一副笨蛋父親的嘴臉，今天已經是第二次看到這表情了。

話說回來，我忍不住同情保羅。畢竟，我們家的女性勢力成了兩倍。在這種狀況下，哪個人的立場會落到最底層？

當然是搞上女僕還讓對方生下小孩的父親吧。

至於我的目標，是要成為受尊敬的帥氣大哥，然而保羅想必無法獲得尊敬。

塞妮絲的女兒叫諾倫。

莉莉雅的女兒叫愛夏。

她們被取了這樣的名字。

第十話「遭遇瓶頸」

七歲了。

兩個妹妹，諾倫跟愛夏都成長得很順利。

尿了會哭，拉屎了也會哭，肚子餓當然哭，感覺心情好像不太美妙時就哭，其實沒有什麼事情不對勁也照哭不誤。

晚上哭是當然的行為，早上哭也是當然的行為，至於白天更是精力充沛地哇哇大哭。

保羅跟塞妮絲沒兩下就被搞得神經衰弱。

只有莉莉雅依舊充滿精神，手腳俐落地照顧兩個嬰兒。

「這才對，這樣才叫作帶小孩！魯迪烏斯少爺那時實在是太簡單了！那種狀況並不能稱為真正的養小孩過程！」

順便一提，因為我在生前弟弟出生那時已經習慣，所以並不是很在意嬰兒半夜哭的狀況。

雖然也沒什麼好炫耀，但我在弟弟那時有照顧過嬰兒。所以現在能夠手腳俐落地更換尿布，還幫忙洗衣服和打掃。看到我的模樣，保羅露出非常沒出息的表情。

這傢伙就跟戰前的日本男人一樣，完全不會做家事。

雖然劍技確實厲害，村民對他的信賴也深厚到幾乎可以說是「超」信賴，不過身為父親，他頂多只能算是個半吊子。

明明這已經是第二胎了……真是的。

★★★

講到這邊，為了挽回保羅的名譽，先來聊聊他的厲害之處吧。

雖然保羅渾身上下都是缺點，做人方面也怎麼看都是人渣，但我對他還算認同。

為什麼？因為他很強。

首先，關於保羅的劍術階級。

劍神流：上級。

水神流：上級。

北神流：上級。

三種流派都是上級。

而這個「上級」，據說是擁有才能的人專心鑽研一個流派約十年後才能到達的水準。

若以劍道來說，我想大概是四段或五段。中級約等於初段到三段，一般的騎士如果能達到中級似乎就算是合格。至於聖級，必須擁有被稱為高段位的六段以上的實力，不過這部分先姑且不論。

換句話說，保羅等於是在劍道、柔道、空手道各方面都擁有四段的本事。

而且全都練到一半就半途而廢。

雖然我認為他不是個像樣的大人，然而實力卻可以掛保證。而且，雖然他明明只有二十幾歲，實戰經驗卻豐富得可怕。

他基於經驗講出的發言都很狡猾又實用。

由於他的理論太偏感覺派，所以我能理解的部分還不到一半，不過卻能明白都是些正理。

這兩年間我一直向保羅學習劍術，然而直到現在都還沒有突破初級。雖然不知道再過幾年培養出體力後會如何演變，不過目前無論我在腦裡怎麼模擬戰況，也無法建構出打贏保羅的畫面。即使驅使魔術或利用策略，也完全無法取勝。

我曾經看過保羅和魔物戰鬥。

其實正確的講法是「被迫」看過。收到魔物出現的通知時，他以「旁觀戰鬥也是一種經驗」為由硬把我也帶去，讓我待在遠處當觀眾。

我就老實說吧。

實在是太帥了。

敵人是四隻魔物。

動作像是受過訓練的杜賓犬的狗型魔物「猛攻鬥犬（Assault Dog）」三隻。

還有以雙腳行走，卻有四條手臂的野豬型魔物「終結野豬（Terminate Boar）」一隻。

牠們以野豬率領著狗的隊形從森林深處出現。

保羅輕鬆應付，一劍就砍下那些傢伙們的腦袋。

我要再說一次，實在是太帥了。

該怎麼說呢？他的戰鬥方式有種魅力，會讓人又是緊張又是激動。或者該說有一種不可思議的節奏感，讓人覺得看起來很爽快。

我無法具體形容，如果要特地找一個詞語來舉例，那就是具備吸引力。

保羅的戰鬥方式很有吸引力。甚至能讓人認同他為什麼可以獲得男性們的信賴，可以使塞妮絲迷上他，讓莉莉雅願意付出身體，還有讓艾特太太著迷。

在村裡，他在「最想和他上床的男人」排行榜中得到第一名。

不，什麼想上床之類的事情還是先放一邊去。

我很感謝他的存在，感謝身邊就有個比自己更強大的人物。

如果沒有保羅，我恐怕會在這個世界裡三兩下就得意忘形吧。

大概會因為自己還算擅長魔術就跑去挑戰魔物，結果卻無法擊中「猛攻鬥犬」，最後慘遭咬死吧。

對象也有可能不是魔物，而是人。
因為自以為是，所以跑去找根本打不贏的對手挑釁。
這是常有的事。
認定哪個人是敗類而想懲罰對方，結果反而被幹掉。

這個世界的劍士都強得超出常理。
只要拿出實力，能以最高時速約五十公里的速度奔跑，動態視力跟反射神經也超乎尋常。
因為治癒魔術能讓生物不會隨便死去，所以他們出手時都會試圖一擊必殺。
讓我不由得認為，難道在存在著「魔物」這種東西的世界裡，人類也只能被迫變強到如此地步嗎？
而且，就連擁有此等實力的保羅都還只是上級。即使光看「劍士」這個類別，就有更多更多比他更強大的高手。這世界著名的人類和魔物中，有許多是即使一大群保羅聯手也無法打贏的對象。
人外有人，天外有天。
保羅教會我這種天經地義的道理，是值得感謝的存在。
不過呢，無論他擁有多少優點，在家也只是個沒用的爸爸。
奧運金牌選手要是犯了法也會成為罪犯，就是同樣的道理。

第一章 幼年期

★
★
★

某一天，我一如往常地接受保羅的劍術訓練。

今天依舊沒能打贏保羅，我想明天也是一樣吧。

最近都欠缺進步的實感。然而，不實際去做就不會進步。

即使沒有實感，努力應該還是會化為自己的血肉吧。

大概。

應該是這樣吧？有化為血肉吧？

我正在想著這些問題，保羅突然以想到什麼的態度說道：

「對了，魯迪。你對學校……」

才講到一半，他卻不說了。

「……其實也沒必要。沒事，繼續。」

保羅舉起木劍，像是剛剛什麼事都沒發生。

但我可沒聽漏。

「學校是指什麼事情……？」

「所謂學校，是指位於菲托亞領地的都市『羅亞』的教育機構，會教導讀書寫字、算數、歷史、禮儀規矩之類的知識。」
「我有聽說過。」
「通常到你這個年紀就會開始上學……不過你沒有必要吧？讀寫和算數你都會吧？」
「嗯，是的。」
我宣稱算數是洛琪希教我的。
在家中財政因為兩個女兒出生而稍微陷入困境時，我曾經出手幫忙和帳簿大眼瞪小眼的塞妮絲，讓他們嚇了好大一跳。我看他們好像又要上演認定我是天才之類的戲碼，情急之下只好祭出洛琪希的名字。
結果是讓洛琪希的評價更為上昇，這樣也好啦。
「可是我對學校有興趣，會有其他和我差不多年紀的小孩聚集到學校裡吧？或許可以交到朋友。」
然而保羅卻不屑地啐了一口。
「學校並不是那麼美好的地方喔。禮儀規矩拘束無聊又一點用都沒有，歷史那種東西就算知道也沒有意義。還有，你絕對會遭到霸凌。因為這附近的貴族家死小鬼們都會前往學校，而且全是一些自己不是第一就不甘心的傢伙。看到像你這樣的人，應該會成群結黨地來霸凌你吧。理由大概會是『你這傢伙身分這麼低，卻比父親是某某侯爵的我在某某方面更厲害，實在太囂張了』之類。」

這聽起來像是保羅自己的實際經驗。

據說他本身就是因為厭惡父親的嚴厲和貴族的骯髒才離家出走。

所以那些禮儀規矩和歷史等等的內容大概也充滿了甩不掉的阿斯拉貴族虛榮，非常難看又令人不快吧。

看在和保羅意氣相投的我眼裡，想必也會覺得很沉悶。

「原來是這樣，我原本還以為貴族的大小姐裡會有可愛的女孩子呢。」

「勸你還是放棄的好。那些貴族出身的女孩都會化上濃妝，梳著死板髮型，還散發出很濃的甜膩味道，但是真正上了床把對方脫光後，就會發現她們因為完全沒在運動，所以身材根本慘不忍睹。算了，也是有那種喜歡劍術，身材相當不錯的女孩，不過大部分都是靠束腹來掩飾，脫了之後才能知道真相。爸爸我也被騙了好幾次……」

保羅望著遠方講出的這些話莫名地具備可信度。

雖然內容根本和人渣沒兩樣，不過一想到他是經歷過這些事情才能得到塞妮絲這個好老婆，或許算是別有深意的勸世發言。

「那麼，我就放棄去學校吧。」

畢竟還有其他事情要教給希露菲。

而且基本上，明知會被欺負還要去上學，那叫作腦袋有毛病。

由於遭受霸凌而將近二十年都窩在家裡的人生可沒有白過。

「沒錯。如果要去學校，還不如成為冒險者潛入迷宮。」

「冒險者嗎……？」

「對，迷宮可是個好地方。因為那裡不會出現化妝的女人，所以一眼就能看出對方到底正不正。而且無論是劍士、戰士還是魔術師，每個都擁有結實的好身材。」

先把人渣發言放一邊去。

根據書上所寫，迷宮這種東西似乎是一種魔物。

原本只是單純洞窟的地方因為魔力沉滯而發生變異，最後變化成迷宮。

迷宮最深處有著可稱為迷宮力量來源的魔力結晶，還有保護結晶的守護者（Boss）。

魔力結晶也是誘餌，散發出強大的誘惑力。

魔物會受到結晶引誘而深入迷宮，之後餓死、中了陷阱死亡，或是被保護魔力結晶的守護者殺死。

迷宮則會吸收死去魔物的魔力。

不過呢，剛形成的迷宮有可能會反過來被魔物吃掉魔力結晶，偶爾還會出現因為崩塌而毀掉的案例。

像這種莫名奇妙少根筋的部分聽起來就很像生物。

此外，不是只有魔物會被魔力結晶引誘。

還有一堆人類也會靠近。

這是因為魔力結晶是魔術的觸媒，因此交易的價錢非常驚人。雖說實際價格會根據結晶大小而定，然而即使是小塊結晶，也可以賣出能讓人吃喝玩樂一年以上的金額。對魔物來說，迷宮裡的財寶只有魔力結晶，不過看在人類眼裡卻不只是這樣。

經過一段時間後，迷宮會花費數年，把魔力注入之前吃掉的魔物和冒險者的裝備裡。

利用這種做法來製造出新的誘餌。

那就是魔力附加品。

魔力附加品和魔道具不同，似乎是一種使用者不需消耗魔力也能使用的魔法道具。只是，大部分的魔力附加品都不會具備什麼有用的能力。

據說大半是一些沒用的垃圾能力。

不過，偶爾好像也會附加上那種能讓神級人物聞之色變的作弊能力。

那類裝備可以賣得高價，因此有許多夢想一夕致富的人們潛入迷宮。

大部分會在途中力竭倒下，得到魔力的迷宮也變得更深更廣闊。

於是，長時間存在的迷宮深處會沉睡著數量驚人的財寶。

在目前已經發現的迷宮中，存在時間最長範圍最深的迷宮是位於中央大陸赤龍山脈的靈峰——「龍鳴山」山麓的「龍神孔」。根據文獻，據說這裡在一萬年前就已經存在，而推測出的最底層是二五〇〇層。還有種說法指出此迷宮和龍鳴山山頂上的洞穴相連，只要從山頂上跳入洞穴內，就能瞬間到達最底層附近，然而還沒有人用這種方法下去並爬上來過。

順道一提，那個山頂上的洞並不是火山口。
而是「龍神孔」為了捕食赤龍而開啟的洞口。
要是有龍經過洞口上方，似乎就會被吸入。
雖然無法斷定真偽，不過既然是活了一萬年的魔物，能做到這點事情並不奇怪。
再順便講一下，目前被視為難度最高的迷宮是天大陸的「地獄」，以及林古斯海中央的「魔神窟」。兩個都位於光是要到達入口就很困難，而且也無法順利進行補給的地方。不但迷宮本身就很龐大，也無法穩定下來探索，因此被評價為最高難度。
以上就是我擁有的迷宮相關知識。
「我有看過描寫迷宮的書籍。」
「是《三劍士與迷宮》嗎？如果能像那樣前往傳說中的迷宮探索，就能在歷史上留名喔，你要不要努力看看？」
——《三劍士與迷宮》。
這是敘述後來被稱為劍神、水神、北神的三名年輕天才劍士們相遇，幾番波折後一起挑戰巨大迷宮，途中有吵架有歡笑有友情有離別，最後精彩達成目標的故事。
書裡他們挑戰的迷宮只有地下一百層。
「那個不是虛構故事嗎？」
「沒那回事，據說現在各流派代代相傳的劍就是在那個迷宮裡得到的東西。」

「哦～可是，既然能成為神級的人都吃了那麼多苦頭，我就算再怎麼努力也得不到什麼成果吧。」

「爸爸我曾前往迷宮，魯迪你肯定也能辦到。」

接下來，保羅大致說了個鬼族青年和人族的劍士們一起闖入已經成為海魚族巢穴的迷宮，雖然失去同伴卻成功打倒海魚族的故事；還有某個被視為吊車尾的魔法師偶然掉進迷宮，被一支正好剛失去魔法師的隊伍撿到，一邊讓潛在能力覺醒一邊慢慢變強的故事。

聽他的講話方式，很像是一直在找機會說這些。

講起來，保羅說過想把我培養成劍士。

肯定是打著如意算盤，希望敘述這些故事和《三劍士與迷宮》給我聽了之後，我就會對迷宮、冒險者、劍士這些名詞產生憧憬吧。

迷宮……我的確有興趣。

雖然覺得好像很有趣，但同時也覺得過於危險。

畢竟，那本書裡的登場人物都會突然死掉。

在《三劍士與迷宮》裡，也有出現三劍士之外的登場人物。

不過，除了他們三個，其他人都全滅了。

有話講一半被旁邊飛來的火球打中燒成焦炭的；有突然摔進陷阱裡成了一團肉醬的；還有剛把頭稍微往上抬，那瞬間就被砍成兩半的。那些和魔物戰鬥時沒有任何理由會受傷的傢伙們，卻在略微大意的瞬間中了陷阱全滅。
雖然三劍士很有主角氣勢地帥氣克服了陷阱，然而我不認為粗心大意的自己能躲開所有障礙，畢竟我是遲鈍系嘛。
「如何？冒險者也很有趣吧？」
「請不要開玩笑了。」
為什麼我得特地為了追求刺激而去做那種有高風險的事情？
如果可能，我希望自己將來能像保羅這樣過著被女孩子包圍的悠閒生活。
「到處拈花惹草才符合我的個性。」
「哦哦，不愧是我的兒子。」
「我的理想是和父親大人一樣金屋藏好幾嬌。」
「這樣啊這樣啊。不過，要惹的花最好只限定一朵喔。」
保羅連連指向我後方，回頭一看，一臉不高興的希露菲正站在那裡。
運氣真差。

★　★　★

最近在我房間裡教導希露菲的情況變多了。

因為如果要說明無詠唱的詳細理論，先讓她學會數學和理科的基礎知識會比較容易進入狀況。

不過呢，我在國中時是吊車尾，好不容易進了間笨蛋高中也沒多久就輟學。

所以，我無法教導她什麼了不起的知識。

雖說學校的課業並非一切，不過我現在卻很後悔，覺得當初真該多念點書。

希露菲已經學會簡單的讀寫和兩位數的乘法了。雖然教她九九乘法時遭遇到一點困難，不過她的腦筋不差，很快就會連除法也能學會吧。

此外，我在教她魔術的同時也教導理科。

「為什麼水加熱後會變成水……蒸氣？」

「呃……是空氣讓水氣化。不過，這個過程需要溫度，所以只要越熱就會越容易氣化。」

現在正在教她關於蒸發、凝固、昇華的過程。

「……？」

她露出一副聽不懂的表情。

不過或許是因為希露菲很率直，她吸收得很快。

「總……總之，只要認為不管什麼東西加熱後都會熔化，冷卻後都會凝固就可以了。」

反正我不是老師，大概就這樣吧。

希露菲比我聰明，應該會自己去多方嘗試最後理解。畢竟只要使用魔術就不乏實驗道具。

「石頭也會熔化嗎？」

「需要非常高的溫度。」

「魯迪能熔化石頭嗎？」

「當然。」

我嘴上雖然這麼說，不過並沒有實際嘗試過。

最近我只要努力，甚至可以把大氣成分做出粗略的分類。只要利用這一點來注入大量氧氣和氫氣，應該可以讓石頭這種程度的東西熔化吧。只是感覺這樣做會害自己也被燙傷，所以我不想嘗試。

順便說一下，還有一種叫作「熔岩（Magma Gush）」，能產生岩漿的上級魔術。

雖然怎麼看那都是土和火的合成魔術，卻被歸類於火系統的上級魔術。而且雖然簡單分類為某系統，但實際上卻和所有方面都互有關連。想要加強火力時只需注入更多魔力，不過只要利用可燃性的氣體，就能以更有效率的方式輸出高火力。

我可以理解到這種程度。

但是，也只能到這種程度。

和洛琪希離開時相比，我的魔術實力並沒有太大差別。

我拿現存的魔術進行組合，應用各種使用方式，或是利用理科知識，單純地提昇威力。

乍看之下會覺得水準似乎提高了不少。

然而，我卻覺得遇上了瓶頸。光憑我的知識，或許無法辦到更困難的事情。生前碰上困難時都是利用網路調查，不過這個世界並沒有那麼方便的東西。

是不是該拜哪個人為師……

「學校嗎……」

這世界似乎有所謂的魔術學校。雖然洛琪希提過什麼魔術學校的門檻之類，不過我是不是也能進去就讀呢？

「魯迪……你要去上學嗎？」

我正在自言自語，卻發現希露菲帶著不安表情凝視著我的臉。

她稍微側了側腦袋，翠綠色的頭髮也隨之晃動。

我以每個月大概一次的頻率，斷斷續續地提醒她：「是不是把頭髮留長會比較適合呢」。大概是努力終於有了回報，最近希露菲開始讓頭髮稍微留長。

目前是大約到耳下的程度，不過有點自然捲的翠綠色頭髮會因為一點小動作而輕飄飄地搖晃。

感覺很不錯。

離馬尾還差一點。

「我並不打算去上學。而且父親大人也說過我去學校只會被人欺負，還什麼都學不到。」

「可是魯迪……你這陣子又有點奇怪。」

真的假的？

我不覺得自己奇怪啊？難道我又有哪裡失敗了嗎？

我自認在希露菲面前都有小心翼翼地扮演著遲鈍系人物。

「我這人好像打從一出生就很奇怪。」

打著試探意圖的我如此回答，希露菲卻皺著眉搖了搖頭。

「不是那樣。總覺得……有點沒精神……」

噢，是這種意思啊。

我剛剛真的很慌，還以為自己又露出了什麼馬腳。

原來她是在擔心我。

「因為我最近遇上了瓶頸，魔術跟劍術都沒什麼進步。」

「可是……魯迪很厲害啊。」

「以我現在的年齡來說，也許很厲害吧。」

的確，或許以這個世界這個年齡來看，我算是很了不起。

然而，實際上我還沒有任何成就。魔術方面也一樣，只是靠著生前的記憶和一開始就注意到無詠唱這種方法，才能夠用得比其他人稍微好一點。

可是，因為我生前記憶的水準很低，所以現在已經走到死路，無法繼續進步。就算我多次後悔早知道當初該好好念書，事到如今也無法重新學習。而且，前一個世界的常識在這個世界裡不一定也行得通。或許這個世界裡還有很多我不知道的法則，總不能一直依靠生前的記憶。

魔術是這個世界的理論。

那麼，我就必須了解這個世界。

「我覺得自己差不多必須踏上下一個階段才行。」

希露菲的魔術越來越進步，也變聰明了。

看到這樣的她，會讓我心裡產生焦躁感。覺得只有自己還在原地踏步，實在太沒出息。

現在雖然可以自以為了不起地自稱遲鈍系主角，不過一旦沒有成長，或許就會被希露菲拋棄。

「你要去別的地方嗎？」

希露菲皺著眉頭發問。

「這個嘛……父親大人說我最好成為冒險者去挑戰迷宮，而且留在這村子裡能做的事情或許也不多……所以大概會去學校，或是會成為冒險者吧？」

我隨便回應。

「不……不要！」

希露菲突然大叫而且還抱住了我。

啊？怎麼了怎麼了這是怎樣？

愛的告白？

我正在胡思亂想，才發現希露菲全身都微微發抖。
「希……希露菲葉特小姐？」
「不……不……不要……我不要！」
希露菲用簡直讓人喘不過氣的力道緊抱住我。
我不確定自己因為困惑而保持沉默的反應讓希露菲產生了什麼感覺……
「不……不要……不要走……嗚……嗚嗚……嗚哇啊～」
她居然哭了。
她那小小的肩膀猛烈顫抖，擺出把臉埋進我胸前的姿勢緊抱著我。
……怎麼了，為什麼？這到底是怎麼回事？
我總之先拍了拍希露菲的頭，又輕輕撫摸她的後背。
順便連屁股也稍微……不不，我又不是保羅。
屁股還是自重吧。
我伸手環住她的身體，用全身感受希露菲的觸感。
既溫暖又柔軟。我把臉埋進她的頭髮，有一股好聞的香味。
啊，好棒啊……這個。真的好棒……真想要……
「嗚……我不要，哪裡都……不要去……」
我猛然回神。

「啊……嗯……」

是嗎，也對。

這陣子，希露菲從早上就過來我家的次數變多了。

她會在上午過來，露出開心表情看我鍛鍊劍術，然後兩人一起練習魔術或是念書。

最近都過著這樣的生活。

要是我在哪一天離開，希露菲又會變回孤獨一人。即使能用魔術打跑那些臭小鬼，也不代表能交到朋友。

一想到這裡，我心中的憐愛之情突然急速增加。

她喜歡的人只有我一個。

這是只屬於我的東西。

「我知道了我知道了，我哪裡都不會去。」

要我拋下這樣的女孩去其他地方？

魔術的進步？

那不重要吧，反正我已經連聖級和上級都會用了。要是有什麼萬一，只要像洛琪希那樣去當家庭教師就行了。在必須一個人獨立的年齡前，我就和希露菲兩個人在一起吧。

就這樣吧。

兩人一同成長，把她一點點培育成符合我喜好的女性。

光源氏計畫。

呵嘿嘿嘿嘿。

…………………唔！

不不！冷靜下來冷靜一點。

我不是已經決定要成為遲鈍系了嗎？

現在怎麼可以起那種邪念……

不過……可是。

就算是遲鈍系主角，應該也不能做為禁止培育童年玩伴的理由……吧？

等等！我在說什麼啊！

問題是……咕唔，假裝沒有察覺到她心意的行為到底要持續到什麼時候才行呢？

希露菲現在只有六歲。

她和我很親近，我也能感覺到她對我的好意。

然而，這應該不是真正的戀愛感情。

既然是這樣，就……就只能暫緩。

可是，到底要暫緩到什麼時候？

十歲嗎？十五歲嗎……還是更久之後……？

萬一結果是被希露菲討厭，那我該怎麼辦？

雖然現在的好感度是最高值，但並不能保證以後絕對不會下降。

屆時，我能承受嗎……？

我………辦不到！

人類有能做到的事情與不能做到的事情！

因為她是這麼柔軟，這麼溫暖。暖呼呼軟綿綿，還有股好聞的香味。

她如此拚命地對我表現自己的感情，我卻要裝作視而不見嗎！

這樣太奇怪了吧。

既然彼此都有自覺，就應該邁向下一步。

不應該只有我忍耐而止步不前，而是該一起攜手前進！

難道我打算把時間浪費在錯誤的努力上嗎？

難道我打算明知是錯誤卻不去改正嗎？

決定了！

我要把希露菲培養成符合我喜好的女性！

我……我不當遲鈍系啦！希露菲——！

「喂，魯迪……有你的信。」

這時因為保羅來了，讓我從自己的「世界」回到現實。

我趕緊放開希露菲。

剛剛真的好險，差點成為那種看起來就是三流貨色的最終頭目。

這次得感謝保羅。

然而，抑制自己真心的行為還是有極限。

雖然這次忍住了，但下次呢……

★★★

信是洛琪希寄來的。

「親愛的魯迪：

你過得如何呢？

時間飛逝，和你離別後已經過了兩年。

最近還算稍微穩定下來，所以寫了這封信給你。

目前我滯留在西隆王國的王都。之前以冒險者身分前往迷宮後，不知何時似乎打出了名號，最後就被聘為王子殿下的家庭教師。

教導王子殿下時，會讓我回想起待在格雷拉特家的那些日子。

王子殿下和魯迪烏斯很像。雖然沒有你那麼誇張，但也擁有出色的魔術才能，還很聰明。此外，像是偷看我換衣服和偷內褲等行為也跟你一模一樣。雖然充滿精神又高傲這點和你不同，不過行動真的很相像。

這就是所謂的英雄好色嗎？

我很擔心自己在聘僱期間內會不會慘遭推倒。

這寒酸的身材到底哪裡好……

哎呀，要是被發現我寫了這些內容，會不會犯下不敬罪呢……？

算了，真的出事時再說好了。反正我也沒有說他壞話的意思，應該還是能夠找出藉口辯解吧。

雖然僅限於一段時間，但王宮似乎打算任命我為宮廷魔術師。

我也想要繼續研究魔術，所以這樣正好。

對了，我總算也能夠使用水王級魔術了。

西隆王國的書庫裡，有水王級魔術的相關書籍。

學會聖級時，我本來還以為自己已經無法再更進一步了。不過只要努力，還是能夠辦到。

魯迪烏斯是不是已經能使用水帝級魔術了呢？還是其他系統也能使用到聖級了？我想你那麼用功，也許已經開始涉獵治癒魔術和召喚魔術了吧。

又或者，你已經開始往劍術之路前進？

那樣雖然有點可惜，不過你在那方面應該也會很順利吧。

我的目標是水神級魔術師。

以前我也有說過，如果在魔術方面遇上了瓶頸，請去敲響拉諾亞魔法大學的大門。

沒有推薦函的話必須接受入學考試，但魯迪烏斯你應該可以輕鬆過關。

那麼，下次再聊了。

洛琪希上。

附註：回信寄到時或許我已經離開王宮了，所以可以不必回信。」

這內容真像是在諷刺我的現狀。

我一邊覺得不太爽快，同時在地圖上尋找那個叫西隆的王國。

原來是位於中央大陸南部偏東方的小國。

直線距離並沒有很遠。然而，這個中央大陸的山脈上居住著赤龍因此無法通行，必須避開山脈從南邊繞很遠的路才能到達。

是個遙遠的國家。

而且，魔法大學所在的拉諾亞也必須往西北繞一大圈才能到達。

「唔……」

洛琪希完全沒有教過我王級以上的魔術……

這樣啊，原來是因為她不會用。

我決定在回信中只寫一些無關緊要的內容。

因為我不希望這窩囊的現狀被洛琪希知道。

雖然我不知道在她心中我到底成了多厲害的人物，但我只是不願意她對我感到失望。

話說回來，魔法大學啊……

洛琪希以前也說過那裡是很棒的地方。

可是，太遠了。

我不能丟下希露菲。

該怎麼辦……？

總之，在信的最後……

「附註：對不起，我偷了妳的內褲。」

我加上了這句話。

★★★

收到信的第二天，我趁著家人都在場時發起話題：
「父親大人，我可以提一個任性請求嗎？」
「不行。」
保羅立刻拒絕。
然而坐在旁邊的塞妮絲「啪」地一聲打向他的腦袋，坐在另一邊的莉莉雅也跟著追擊。
在上次的懷孕騷動後，莉莉雅也和我們一起同桌用餐。以前她一直謹守女僕本分，用餐時間會在旁邊從頭服務到尾，現在這樣應該代表她已經被認可為一家人了吧。
這個國家是不是可以一夫多妻呢？
算了怎樣都好。
「魯迪，有什麼都盡量說。你爸爸一定會想出辦法。」
塞妮絲橫著眼看了看壓住腦袋的保羅，以溫柔的語氣說道。
「魯迪烏斯少爺從來不曾說過算得上任性的發言，我認為現在是考驗老爺的威嚴和志氣的機會。」

莉莉雅也幫我說話。

保羅重新坐好，雙手環胸，抬起下巴，擺出一副高高在上的態度。

「既然魯迪進入正題前就已經先說是任性要求，肯定是超出我能力範圍的超級難題。」

保羅又再度遭到二連擊，整個人趴到桌上。

這些都是和平常無異的家人間隨性玩笑。

所以，我直接提出正題：

「其實最近我在學習魔術方面已經遇上瓶頸，所以我想前往拉諾亞魔法大學就讀……」

「……哦？」

「但是把這個想法稍微透露給希露菲後，她哭著說不想和我分開。」

「哎呀，這個帥哥到底是像誰啊？你說？」

保羅第三次遭到二連擊。

「既然要去，我想和她一起去。可是希露菲家並不像我們家這麼富有，所以，我想拜託家裡支付兩人份的學費。」

「噢……」

保羅把手肘撐到桌上，用宛如某司令般的銳利眼神瞪著我。

這眼神和他拿著劍時的眼神相同。

是保羅唯一值得尊敬的那瞬間的眼神。

「不行。」

他給了和先前一樣的回應。

這次是認真的。

塞妮絲跟莉莉雅也保持沉默。

「理由有三。

第一，你的劍術才學到一半。如果現在放棄，就會以再也無法學習劍術的狀況成為半吊子。身為你的劍術老師，我不能現在拋下你。

第二，錢的問題。如果只有你一個，我們家還可以想辦法因應，但是沒辦法連同希露菲的份也一起支付。魔法大學的學費並不便宜，我們家也不是有金山銀山。

第三，年齡的問題。你們現在才七歲。雖然你是個聰明的孩子，但還有很多事情不懂，經驗方面也是壓倒性不足。我們不能放棄身為父母的責任，把你丟出家裡。」

果然不行嗎？

但是，我不會放棄。

保羅也和以前不同，這次他有確實思考並說明理由。換句話說，只要能達成這三個條件就能獲得許可。不需要焦急，我也並不打算現在立刻就去。

「我明白了，父親大人。那麼，劍術的練習請您照舊訓練我，至於年齡問題，請問要忍耐到幾歲左右才行呢？」

「這個嘛……十五……不，十二歲之前你都得留在家裡。」

十二歲嗎？

我記得這國家的成人年齡是十五歲。

「可以問為什麼是十二歲嗎？」

「因為我離家出走時是十二歲。」

「原來如此，我明白了。」

對於保羅來說，十二歲是他無法讓步的底線吧。

也為了不要刺激他身為男性的尊嚴，我默默地點頭接受。

「那麼關於最後一個問題。」

「嗯。」

「請介紹工作給我。因為我能讀寫和計算，所以可以擔任家庭教師，或是魔術師相關的工作也可以。還有，希望盡量是薪水比較高的工作。」

「工作？為什麼？」

保羅保持認真的眼神，威脅般地問道。

「我要自己賺取希露菲的學費。」

「……這對希露菲並不是好事。」

「是的。不過，我想對我自己是好事。」

「……」

一陣沉默。

這氣氛讓我覺得如坐針氈。

「這樣嗎……原來如此……」

保羅似乎理解了什麼，他點點頭。

「我明白了。既然是這樣，我就找人問問吧。」

塞妮絲和莉莉雅露出似乎很不安的表情，但保羅卻相反地擺出能信賴的面孔如此回答。

「謝謝您。」

我低下頭道謝，之後大家再度繼續用晚餐。

★保羅觀點★

沒想到魯迪烏斯居然會說出那種話。

我家兒子一直成長得很快。

話雖如此，一般的小孩也要到過了十四、十五歲時才會講出那種事情。

我自己也是到了十一歲，劍神流成為上級之後才有這類想法。

至於不會這樣講的人，就一輩子都不會講。

「要是太急著活，有可能會早死……嗎……」

以前，有個戰士對我說過這樣的話。

當時聽了這句話，我只是不屑地笑了。

周圍的人都活得太悠哉了。明明人族擁有力量的時期很短暫，但卻沒有人要往前衝。我要在能辦到的時候把辦得到的事情全部做完。還覺得萬一自己的行為受到指責，其實也可以到時候再說。

是啦，雖說我是因為做了能做的事結果卻搞出了人命，為了讓生活安定下來，從冒險者生活中引退，並靠著貴族時代的親戚幫忙當上騎士。

不過現在先不討論這些。

魯迪烏斯走在人生路上的步伐比我還匆忙得多。

甚至讓我看了都覺得擔心。

我想看過我年輕時的那些傢伙應該也是這樣想吧。

然而，魯迪烏斯和魯莽又衝動的我不同，凡事都會確實去進行規劃。

這部分是塞妮絲的血統嗎？

「不過呢，還是讓他再繼續被父親束縛一陣子吧。」

這樣想的我寫了封信。

前幾天羅爾茲也來找我商量，說希露菲總黏著魯迪烏斯。

看在希露菲的眼裡，魯迪烏斯是在自己地獄般的幼年時代伸出援手的白馬王子。因為魯迪烏斯什麼都會教她，所以希露菲把魯迪烏斯當哥哥般仰慕，最近似乎也開始以男女情感的角度去注意他。羅爾茲也說過，要是將來魯迪烏斯願意接受希露菲那就是最好的結果。

當時我也覺得如果那麼可愛的女孩能成為媳婦倒也不錯，然而今天聽過魯迪的發言後，我改變了想法。

現在的狀況很類似洗腦。

如果就這樣成長下去，希露菲會成為沒有魯迪就什麼事也不會做的大人。

我在貴族時代看過好幾個那樣的例子。

是一些對父母過度依賴，簡直跟木偶沒兩樣的傢伙。

即使如此，當依賴對象還在時還無所謂。

就算是木偶，只要有人操縱就能演出有趣的木偶劇。所以當魯迪烏斯還愛著希露菲時，希露菲就不會有問題。

但是，魯迪烏斯明顯繼承了我的血統。

也就是好女色的血統。

他有可能會三心二意地迷上其他女人。不，魯迪烏斯身上也流著我的血，肯定會到處拈花惹草。

結果，他或許不會選擇希露菲。

到那時，被拋棄的希露菲將無法重新振作，就像是斷線的木偶絕對沒辦法站起。
那麼可愛的女孩的人生會毀在我們家兒子的手上。
絕對不能容許這種事情發生，對兒子來說也不是好事。

我把信寫好了。
希望能收到滿意的答覆。
不過，問題是——
該怎麼說服那個能言善道的兒子……
我看，乾脆來硬的好了。

第十一話「離別」

我向保羅提出想打工的要求後，過了一個月。
今天，來了一封寄給保羅的信。
我猜想大概是回應來了，所以做好心理準備並開始等待他找我談。
時間點可能是劍術練習之後，或是吃午飯時……不，也許會是吃晚飯時。

如此判斷的我一如往常，認真地接受劍術訓練。

★　★　★

結果保羅是在劍術訓練的途中對我提起這件事。

「我說，魯迪。」

「是？有什麼事嗎，父親大人？」

我盡全力擺出堅定的表情，仔細聆聽保羅的發言。

畢竟這是包括生前在內的第一份工作。

我要加油。

「我說……如果有人叫你和希露菲分手，你會怎麼想？」

然而保羅卻提出奇怪的問題。

「啥？我當然不願意。」

「果然啊……」

「到底是怎麼回事？」

「不，沒事。就算要用嘴巴解決，到頭來也只是會被你辯倒吧。」

保羅才剛講完這句話。

他的態度就突然變了。
全身散發出即使是門外漢的我也能感受到的殺氣。
「咦？」
「……！」
伴隨著無言的壓力，保羅往我這邊靠近。

死。
這個字從我的腦裡閃過。
我反射性放出所有魔力，準備迎擊保羅。
首先同時使用風和火魔術，在兩人之間製造出爆炸氣浪。
我本身也往後跳，像是被熱氣推開那般地大幅退後。
至今為止我曾經模擬過多次。
面對保羅，不先拉開距離根本沒有勝算。
爆炸氣浪雖然對我本身也會造成傷害，但是如果能讓對方心生膽怯，就能爭取到距離。
然而保羅卻無視爆炸氣浪的存在，繼續以前傾的姿勢往我這邊衝過來。
（果然沒有效果！）
雖然這是符合預料的狀況，心裡還是會感到一陣焦躁。

必須做出下一步的迴避行動！

不能往後，保羅前進的速度比較快。

我反射性地這樣思考，在自己旁邊製造出能帶來強大撞擊力的衝擊波。

伴隨著像是被人重重毆打般的衝擊，我的身體往橫向飛了出去。

令人背脊發涼的破風聲掃過耳邊。

我看到保羅的劍劃過自己腦袋先前所在的位置。

好。

第一擊躲過了，這點很重要。雖然還很近，但已經成功拉開距離。

我看見了勝機。

注意到那傢伙正打算朝這邊踏出下一步的我讓他腳邊的地面往下陷。

只見保羅踏穿了陷阱。

才剛這樣想，他卻瞬間把重心換到另一隻腳上，幾乎毫無遲延地繼續往這邊接近。

（得同時束縛住雙腳才行嗎！）

我在自己腳下製造出泥沼。

接著在自身下沉前從腳底放出水流，以滑動般的動作往後退開。

（糟糕，太慢了……！）

這想法冒出時已經太遲。

保羅在泥沼邊緣踩下似乎要把地面踏實的一步。
這一步讓地面往下凹陷。
而且就這一步，他已經逼近我眼前。
「嗚……嗚啊啊啊啊！」
我慌忙舉劍迎擊。
這是不講任何劍招的難看一擊。
光憑蠻力揮劍後，我手上傳來滑溜的討厭感覺。
（被他用水神流的技巧化解了……）
我只知道一件事。
被水神流化解後，接下來會遭到反擊。
雖然很清楚，卻無法對應。
宛如慢動作一般，保羅的劍逐漸接近我的脖子。
（嗯，還好是木劍……）
脖子傳來衝擊後，我的意識就落入黑暗之中。

★　★　★

等我清醒時，發現自己待在一個小箱子裡。

根據喀噠喀噠的劇烈晃動感，我察覺這是某種交通工具的內部。

我想坐起身來，卻發現連根手指都無法移動。低頭一看，才知道自己全身都被繩子一圈圈捆住。

換句話說，我被綁得像隻草履蟲。

（現在是什麼情況……？）

我轉動腦袋，發現眼前坐著一位大姊。

她有巧克力般的膚色，身穿非常暴露的皮衣，還有一身健壯的肌肉，跟四處可見的傷痕。

臉上戴著眼罩，五官端正，看起來一副大姊頭的氣勢。

活脫脫就是奇幻故事裡的女戰士。

另外，她還有動物般的雙耳以及類似老虎的尾巴，毛髮也很茂密。

這就是所謂的獸族嗎？

或許是注意到我在看她吧，彼此的視線相對。

「初次見面，我叫作魯迪烏斯．格雷拉特。很抱歉我現在是這種樣子。」

我決定先報上名字。對話的基本原則是要先開口。

只要先開口，就能掌握主導權。

「以保羅的兒子來說，你還真有禮貌。」

「因為我也是母親大人的小孩。」
「也對，你是塞妮絲的兒子。」
看來她似乎認識我父母，讓我稍微鬆了口氣。
「我是基列奴，明天起多指教。」
從明天開始？
她在說什麼。
「呃……謝謝，還請多多指教。」
「嗯。」
總之，我先用火魔術燒斷繩子。
身體好痛，是因為之前躺在奇怪的地方嗎？
我用力伸了個懶腰。
感到一陣解放感。
雖然我很習慣待在狹窄房間裡只動手指，然而在這種看起來很像虐待狂的大姊面前被綁著，會讓人產生奇妙的感覺。
我觀察周圍，發現目前身處的地方確實是個小箱子。
前後有類似座位的部分，我正好坐在基列奴的對面。

左右各有一扇窗戶，能看見外面的景象，是一片陌生的草原。
正如我的預料，這是交通工具。
晃動相當劇烈，如果長時間搭乘，感覺大概會暈車。
前進方向傳來噠噠聲響，大概是馬吧？
那麼這就是一輛馬車。
為什麼我會和一個肌肉大姊一起搭乘馬車？
……唔！
難……難道是我被這個肌肉女綁架了？
她想把過度可愛的我當成洩欲對象嗎！
別這樣！雖……雖然我也不討厭肌肉發達的女人，但心裡已經認定了希露菲這個對象。
所以至少，第一次請溫柔一點喔……
不對不對不對！
冷……冷靜下來，這種時候才該冷靜。
來列出質數幫助自己冷靜吧……
質數是除了一和此整數自身外，無法被其他自然數整除的孤獨數字……神父先生曾經說過，質數會帶給他勇氣。（註：出自漫畫《JoJo的奇妙冒險 第六部 石之海》的普奇神父。）
三、五……十一？然後……十三？再來是……再來是……

不記得了！

質數根本不重要！還是冷靜吧。

冷靜地試著思考，思考為什麼會陷入這種狀況。

好，深呼吸。

「吸……呼……」

好。

在已知的範圍內整理狀況吧。

首先，保羅突然對我發動襲擊，把我打昏。

等我醒來之後發現自己被綁著，而且還待在馬車裡。

恐怕他是因為某種理由才要打暈我，並把我扔進馬車裡吧。

馬車裡還有一個說明天起要我多指教的肌肉女。

講回保羅，他襲擊我之前好像有說了什麼奇怪的發言。

就是叫我跟希露菲分手，還有什麼希露菲配我太浪費了，是他的所有物之類。

那……那個混帳蘿莉控……連我的希露菲都打算出手嗎！

不，他好像沒有說後半那些話。

唔？

一想到希露菲，我就更混亂了。

可惡，都是保羅的錯……！

算了，只要問問眼前這人就行了吧？

「請問……」

「叫我基列奴就好。」

「啊，請叫我魯迪小親親吧。」

「我知道了，魯迪小親親。」

看來她是那種聽不懂玩笑話的類型。

「基列奴小姐，父親大人有跟妳說了什麼嗎？」

「叫我基列奴就行，不用加小姐。」

基列奴邊回答，邊從懷裡取出一張紙，然後直接遞給我。

我雖然乖乖接下，但紙張表面卻什麼都沒寫。

「這是保羅寫的信。讀吧，因為我不識字，要唸出聲音。」

「好的。」

我打開這張隨便折起的紙，開始唸出內容：

「給我親愛的兒子，魯迪烏斯。

既然你正在看這封信，我恐怕已經不在這個世界上了吧。」

「什麼！」

基列奴發出驚叫站了起來。

沒想到這輛馬車的棚頂這麼高……

「請坐下吧，基列奴。後面還有。」

「唔，這樣啊。」

她依言重新坐下。

我繼續唸出後續內容：

「——剛剛那句話是開玩笑，我只是一直都很想寫寫看。那麼，你不但被我痛毆一頓，難看地被打趴在地，而且還被繩子一圈圈捆住，以活像是個被囚禁公主的沒出息模樣被我丟進了馬車裡。我想你一定搞不清楚到底發生了什麼事情，可以詢問眼前那個肌肉不倒翁……雖然我很想這樣說，不過那傢伙連大腦都是以肌肉組成，大概無法仔細說明吧。」

「什麼！」

基列奴怒吼著站了起來。

「請坐下吧，基列奴。下一段是在稱讚妳。」

「唔，這樣啊。」

她再度依言重新坐下。

我繼續唸出後續內容：

「那傢伙是劍王。

如果想學習劍術，除非前往劍士的聖地，否則應該無法找到比她更適合的人選。爸爸可以保證她的實力，因為我從來不曾贏過她……除了在床上。」

別老寫些多餘的話啊，笨蛋老爸。

不過基列奴的表情並沒有那麼不快。

那傢伙真的很受女性歡迎。

是說原來基列奴小姐那麼強喔。

「那麼，關於你的工作，是要前往菲托亞領地最大的都市『羅亞』，擔任某位大小姐的家庭教師。希望你教她算術、讀書寫字，還有簡單的魔術。那是一位超級任性的大小姐，而且非常粗暴，到了學校拜託她別去上學的地步。至今為止已經有多位家庭教師反而被她趕走……不過，我相信你應該會想出辦法對應。」

什麼會想出辦法，居然把事情全推給我自己解決……

「基……基列奴很任性嗎？」

「我不是大小姐。」

「也對喔～」

我繼續唸出後續內容。

「你眼前的肌肉不倒翁是大小姐家聘用的保鏢兼劍術師傅。她似乎有提出希望讓你也教她算術和讀寫，作為她教你劍術的交換條件。別嘲笑她明明滿腦子肌肉卻講了這種話，我想這傢伙肯定是認真的（笑）。」
「什麼……」
基列奴的額頭浮現出青筋。
這封信的目的一方面是要對我說明狀況，但另一方面似乎是想要惹火基列奴。
他們兩人到底是什麼關係？
「她的學習能力絕對算不上好，不過只要想到能省下講師費用，應該還算不錯吧。」
講師費用。
是嗎，我要向這個人學習劍術嗎？因為保羅是感覺派，所以才幫我找了個更好的老師。
或者是因為我一直不進步，所以氣餒了嗎？
我說你也該負責到最後吧……
「一般來說，向基列奴學習劍術要收多少錢呢？」
「一個月要阿斯拉金幣兩枚。」
兩枚金幣！
我記得洛琪希擔任我家庭教師的費用是一個月阿斯拉銀幣五枚。
大約四倍嗎？原來如此，這的確是不錯的交易。
順便一提，據說一個人一個月的生活費是在阿斯拉銀幣兩枚左右。
「在接下來的五年內，你必須寄住在大小姐家裡教她學習。

五年。這段期間內，禁止你回家，也禁止你寫信。因為只要有你在，希露菲就無法獨立。而且不只希露菲，我感覺到連你也對她出現過度依賴的傾向，所以我決定強制你們分開。」

「什……麼……？」

咦，這是怎樣？

等……等一下！

……咦？

這是怎樣？意思是我整整五年無法見到希露菲？

也不能寫信？

「怎麼，魯迪小親親和戀人分手了？」

我露出絕望的表情，基列奴似乎很愉快地發問。

「不，只是被一點都不成熟的父親趕出家門。」

甚至還來不及道別就被丟出來。

你做得好啊，保羅……

「不必那麼失落，魯迪小親親。」

「那個……」

「什麼？」

「果然還是麻煩妳叫我魯迪烏斯吧。」

「噢，我明白了。」

不過，冷靜下來思考，保羅的主張確實很有道理。

希露菲要是按照目前這種狀況繼續長大，或許會變成那種在老梗十八禁遊戲中登場的青梅竹馬角色。也就是那種總是緊跟在主角身邊，成了彷彿把主角當世界中心轉圈的衛星，欠缺自我個性的角色。

如果是現實世界，過度依賴的狀況應該會隨著在學校和朋友往來、學習的過程而逐漸解除，然而希露菲卻因為髮色的關係所以交不到朋友。

即使再過五年，她的確很有可能依然緊黏著我。

雖然我並不在乎那種狀況，但周遭的大人似乎並不那麼認為。

也對啦，這是很好的判斷。

「報酬方面，你每個月會拿到阿斯拉銀幣兩枚。雖然這個金額低於家庭教師的行情，然而以小孩子的零用錢來說已經算是很多。要自己找時間去城鎮裡學習如何使用金錢。因為這種東西如果平時沒試著拿來花，碰上緊急狀況時反而會不知道該如何妥善運用。不過呢，感覺我這個優秀兒子即使不學習應該也能花錢花得很好……啊，再怎麼樣也不可以拿去買女人喔。」

就說叫你別寫多餘的內容啊。

或者這其實是那個嗎？鴕〇俱樂部風格的那個梗嗎？

就是「絕對不要」只是反話的那個？

「如果你能堅持五年，妥善教會大小姐讀書寫字、算術以及魔術，那麼契約內已有註明，對方將會支付相當於兩人份的魔法大學學費做為特別報酬。」

原來如此。

只要我認真擔任家庭教師五年，就會按照約定，隨便我想怎麼做都行嗎？

「不過呢，五年後希露菲不見得還願意跟著你，你也有可能因為感情已經冷卻而變了心。所以希露菲那邊會由我們好好和她溝通。」

好好溝通……我只有不妙的預感，爸爸。

「希望在這五年內，你能待在全新的環境學習各式各樣的知識，並達成更上一層樓的飛躍性進步。充滿知性又過於偉大的父親保羅筆。」

什麼知性啊……！

根本是靠武力強迫吧！

不過，我對這次的判斷不得不表示敬意。

不管是為了我，還是為了希露菲。

雖然希露菲很可能會變成孤單一人，然而除非她能靠自身力量解決自己碰上的問題，否則無論多久都無法成長。

全依賴我保護並不是辦法。

「保羅很愛你呢。」

聽到基列奴這麼一說，我苦笑著回答：

「其實以前更加疏遠。不過他一發現我和他有相似之處，就變得很積極又不客氣。只是，基列奴妳也差不多吧……」

「嗯？我怎麼了？」

我唸出最後一句話。

「附註：如果雙方都同意，你可以對大小姐出手。不過肌肉不倒翁是我的女人，不准你亂來。」

「就是這樣。」

「哼，把那封信送去給塞妮絲。」

「了解。」

就這樣，我必須前往菲托亞領地最大的都市，要塞都市──羅亞。

雖說還有很多不滿，不過先接受現狀吧。我也稍微清醒了一點。嗯，這樣是最好的做法。我不能一直和希露菲在一起，心裡完全沒有留戀。沒錯。

我說服著自己。

（不過，真希望一年至少能見上一面……）

結果，內心還是有點動搖。

★保羅觀點★

「好……好險……」

我低頭看向暈倒的兒子，還有沾上泥巴的鞋子。

因為今天是我最後一次教他劍術，所以想稍微動用一點實力嚇嚇他，讓兒子見識看看所謂「父親的威嚴」之後再把他打昏，沒想到他卻以驚人的反應速度用出魔術。

那些魔術並不是用來攻擊，主要的目的都是為了阻止我的腳步。

而且，全都是不同種類的魔術。

「不愧是我的兒子，具備敏銳的戰鬥天分。」

換算成時間只是一瞬，然而明明是徹底的奇襲，我卻用了三步。

尤其是最後一步，只要我稍有猶豫，行動力就會受限，反而會被魯迪烏斯一口氣解決吧。

面對魔術師卻用了三步。要是他還有其他同伴在場，恐怕第二步時就會提供援助。或是如果雙方的距離更遠一點，甚至需要第四步。

光看內容，其實是我徹底輸了。

即使現在直接把他丟進哪支隊伍裡送去探索迷宮，這傢伙也能以魔術師的身分發揮出最高水準的功用吧。

「該說不愧是讓水聖級魔術師喪失自信的天才嗎……」

雖然是我兒子，不過還真是令人畏懼。

不過，我也很高興。

以前遇上比自己更有才能的傢伙時，我只會感到嫉妒。然而很不可思議的是，對象換成自己兒子時，心裡只湧上喜悅的情緒。

「唔，現在不是說這種事情的時候。我得快一點，不然羅爾茲他們要來了。」

我迅速地用繩子綁住暈倒的兒子，然後丟進正好在我完工時到達的馬車。

時機很準，羅爾茲也在這時出現。

希露菲也跟著他。

「魯迪！」

看到魯迪烏斯被綁著，希露菲大概是想要救他，突然以無詠唱方式對我放出了中級攻擊魔術。雖然被我輕鬆化解這次攻擊，然而這次的魔術不但省去詠唱，威力和速度也都無可挑剔。

如果不是我，或許會被打死。

這個魯迪烏斯，怎麼教她這種魔術。

我把信交給基列奴，把魯迪烏斯確實放進車廂內，然後告訴車伕可以出發了。

往旁邊一瞥，只見羅爾茲正蹲著和希露菲解釋著什麼。沒錯，教育是父母的責任。你必須靠自己取回以往都丟給魯迪烏斯負責的部分，羅爾茲。

我吐了口氣，用溫暖的眼神看著他們父女倆。不久之後希露菲的聲音隨風傳入我耳內：

「我明白了。我會變強，強到能救出魯迪……！」

嗯～我的兒子真幸福啊。

我繼續旁觀，這時兩名妻子也從家裡出來。

我之前吩咐過會有危險，要求她們想看必須待在家裡看，現在應該是出來送行吧。

「啊，我可愛的魯迪要離開了。」

「夫人，這是一種考驗啊！」

「我明白，莉莉雅。啊……啊……魯迪烏斯！孩子要踏上旅途了！獨生子被奪走，我真是可憐！」

「夫人，少爺已經不是獨生子了。」

「說得也對，現在已經多了兩個妹妹。」

「兩個……！夫……夫人！」

「別在意，莉莉雅。我也會愛妳的孩子！因為，我也愛著妳啊！」

「啊！夫人！我也是！」

她們以特別裝模作樣的口氣目送馬車離開。

因為魯迪烏斯很優秀，兩人並沒有那麼擔心。

不過話說回來，她們的感情真好。真希望和我的感情也能這麼好……
或者該說，真希望她們可以停止聯手欺負我的行為……
「不過，等妹妹們懂事時，魯迪烏斯卻不在嗎……」
魯迪烏斯似乎擬定了要成為帥氣哥哥的計畫，真遺憾啊。
可愛女兒們的愛情，將由父親一個人獨占。
呼嘿嘿。
不，等一下。以後魯迪烏斯將接受那個劍王基列奴的英才教育。
五年後是十二歲，身體已經長大。
等魯迪烏斯回來時，要是和我進行可以使用魔術的模擬戰，我是不是會打輸？
糟糕，五年後的父親威嚴面臨危機。
「孩子的媽，莉莉雅。既然魯迪烏斯已經離家，我也想再稍微鍛鍊自己。」
塞妮絲露出和她無關的表情，莉莉雅則對著她低聲講起悄悄話：
「他是因為差點輸給魯迪烏斯少爺，事到如今才產生危機感。」
「他從以前開始就是這副模樣，不到差點要輸的時候就不肯努力。」
看樣子晚了一步，父親的威嚴早就已經陷入危機。
（算了，其實沒有威嚴也不要緊啦。）
正因為我認識那種毫無意義地只具備威嚴的父親，所以我真心如此認為。我還是繼續裝成對女人欠缺節制的沒用大叔吧。目標是缺乏威嚴，但是會讓孩子親近的父親。至少在三個孩子長大成人之前都這樣吧……

我偷偷看了塞妮絲一眼。

她的身材好到不像是已經生了兩個孩子……

（嗯，要是還有第四個、第五個，那裝成沒用大叔的時間只能延長啦。呼嘻嘻。）

算了，第四個小孩的事情先放一邊去。

（魯迪烏斯……）

我自己也不喜歡這種做法。

不過，用講的你不會聽，而且我也欠缺能說服你的自信。

話雖如此，束手旁觀根本沒有身為父親的資格。雖然我力量不足所以只能全靠別人，但我還是做了這種安排。手段或許太過強硬，不過聰明的你應該可以理解……

不，就算你無法理解也沒關係。

在你接下來要前往的地方，一定會發生待在這村子裡就無法體驗到的經歷。即使無法理解，也只要逐步對應眼前碰上的狀況，就能成為你的力量。

所以恨吧。

對我懷恨在心，並詛咒自己為何無力到無法反抗吧。

我也是在父親的壓抑下成長。

因為我無法抵抗，所以離家出走。

對於這件事，我會後悔，也有反省。我不希望你遭受同樣的境遇。

然而，我靠著離家出走而得到了力量。

雖然我不知道這個力量能不能贏過父親，但是至少這力量讓我得到了想要的女性，保護了想保護的事物，還能抑制住年幼的兒子。

如果你想抗拒，那就抗拒吧。

然後在取得力量之後回來。

至少要獲得能不輸給父親蠻橫行徑的力量。

保羅心裡思考著這些事情，目送載著魯迪烏斯的馬車逐漸遠去。

（下集待續）

外傳

「格雷拉特家的母親」

外傳 「格雷拉特家的母親」

我的名字是塞妮絲・格雷拉特。

出生於米里斯神聖國。那是個歷史悠久的國家，也是個美麗卻刻板，很適合用「清廉」形容的國家。

我以伯爵家次女的身分在此出生。

就是所謂的良家千金。

當時的我是溫室裡的花朵。對世事一無所知，以為自己所見的範圍就等於全世界。

不過，即使這樣自我誇讚有點厚臉皮，但我認為自己是個好孩子。

我不曾違背過雙親的吩咐，在校成績也很好。

總是確實遵守米里斯教的教義，在社交界的形象也不錯。

甚至被一部分的人稱為「米里斯良家千金該效法的典範」。

雙親應該也認為我是值得自豪的女兒。

如果我就那樣成長下去，大概有一天會在某個宴會裡被介紹給父母決定的對象。

對方一定是某侯爵家長男之類的人物。品行端正但自尊心強，把米里斯教的教義視為絕對準則，足以成為米里斯貴族的範本。我會和那樣的對象結婚，生下孩子，成為去任何場合都不失禮數的侯爵夫人，被記載在米里斯神聖國的貴族名簿中——

那就是我的人生，身為米里斯貴族女兒該走上的「路」。
然而，我並沒有走上這條「路」。
在成人那天，也就是我十五歲的生日。
我和父母吵架了。這是我出生至今第一次反抗父母，而且還離家出走。
一方面是因為我對繼續遵守父母教誨已經感到厭煩。
另一方面也是因為我羨慕妹妹特蕾茲能過得比我更自由奔放。
各式各樣的原因促使我偏離原本的「路」。

偏離「路」的貴族要活下去是非常艱辛的事情。
不過，幸好我在貴族學校時有學會治癒魔術，而且還學到中級。
米里斯神聖國是治療魔術與結界魔術都很發達的國家，然而大部分人只會學習初級的治療魔術。習得中級的治療魔術後，就有機會前往米里斯教團經營的治療院就職，因此在學校裡會被視為特別的人才。
所以我自大地認為自己很優秀，去到那裡都可以生活。
見識真是太短淺了。
連如何在旅舍裡訂個房間都不懂的我很快就被不懷好意的人們盯上。
那些傢伙宣稱他們正在招募治療魔術師，要完全不懂行情的我加入隊伍。提出的價碼明明比初級治療魔術師的報酬還要低很多，但他們卻堅持這金額已經高於行情。

他們不打算支付正當的報酬，試圖矇騙我成為廉價的回復人員。

愚蠢的我看到他們表面上的親切態度，就認為世上原來有很多好人。

要是當初就這樣跟著他們，一定會碰上更悲慘的遭遇。例如被當成阻擋魔物的盾牌，命令我使用魔術直到暈倒為止，甚至有可能會對我本身做出不軌行為。

阻止這一切發生的人，是一個名叫保羅．格雷拉特的青年劍士。

保羅摺倒這些壞人後，把我強行帶回他所屬的旅行隊伍。

要不是有他們隊伍裡那個名叫艾莉娜麗潔的人向我詳細說明，我恐怕會以為保羅才是惡人。

不管怎麼說，就這樣，我認識了保羅。

當初，我很討厭他。

明明本來是阿斯拉的貴族，他卻用詞粗魯，總是不遵守約定，幼稚衝動，愛錢，把別人當白痴，動不動就出手摸人屁股，甚至以表現出滿腦下流想法的態度來強行追求我。

不過，我知道他並不是壞人。

因為他總是會幫助我。

雖然會取笑我不知世事，卻會一邊抱怨「真沒辦法」邊伸出援手。

即使和我可說是正好相反，但保羅卻很可靠，自由奔放，而且也很帥氣。
所以我對他產生好感應該不是太奇怪的結果吧。
不過呢，他身邊有許多充滿魅力的女性，而我是米里斯教徒。
米里斯教的教義規定：「男女伴侶只能視彼此是唯一所愛」。
雖然我已經離家出走，不過自幼以來一直被耳提面命，在學校也被視為常識的米里斯教教義早已在內心根深蒂固。
所以隔天，我對他這樣說：
「如果你能不再對其他女性出手，我可以接受你。」
他笑著答應了。
我自己也清楚他是在說謊。
可是，我同時也覺得無所謂。
因為要是被騙，我就能對他徹底死心。
這時的我果然還是太欠缺考量，太粗心，也太愚蠢。
因為，這一次就讓我懷孕了。
不知道該怎麼辦的我滿心都是不安的情緒。
我完全沒想到保羅居然會負起責任和我結婚。
生下來的孩子叫魯迪烏斯．格雷拉特。

——也就是魯迪。

★★★

魯迪現在正坐在他妹妹的搖籃旁。

表情非常認真。

他讓那張和保羅有幾分相似的端正臉孔保持嚴肅，來回看著兩個妹妹。

「啊——啊——！」

諾倫才剛開口吵鬧，魯迪的表情就繃得更緊。

然而下一瞬間。

「嗚嘿嗚嘿〜」

他吐出舌頭做了個鬼臉。

「呀……哈……哇……哇……！」

看到這個鬼臉，諾倫高興地笑了。

諾倫的笑容讓魯迪滿意地點了點頭，然後又換回認真的表情。

「嗚——啊——！」

這次換成愛夏大叫。

於是魯迪立刻轉向她那邊。
「噗嚕噗嚕～」
他用手抵著臉頰做出奇怪面孔。
「呀呀……呀哈……！」
愛夏也高興地笑了。
和諾倫的時候一樣，魯迪又帶著得意笑容點頭。
從先前開始，他一直在重複這些動作。
「嘻嘻嘻……」
看到魯迪的笑容，我也忍不住輕笑出聲。
因為，他很少笑。
就連在學習劍術和魔術時也是一樣，他總是一臉認真的表情，彷彿沒有什麼事情能讓他感到滿意。
甚至對父母也很少展露笑容。
即使難得笑了，也是那種奇妙的皮笑肉不笑。
然而這樣的他現在卻對妹妹扮鬼臉，看到妹妹笑了之後，自己也笑得很滿足。
光是旁觀這光景，我就覺得很開心。
跟以前完全不同。

「呼……」

想起魯迪小時候，我嘆了一口氣。

當初發現魯迪有魔術才能時曾經高興得手舞足蹈的我，在過了一陣子後，開始懷疑魯迪是不是打心底瞧不起父母，也欠缺對家人的愛情。

畢竟，他和我並不親近。

「……不過，實際上並不是那樣。」

我是在上次那場懷孕騷動時，改變了這種想法。

莉莉雅懷孕，保羅坦承是他的種。

那時，我覺得自己被背叛了。

被保羅背叛，也被莉莉雅背叛。

尤其是因為保羅違背了和我的承諾，讓我內心充滿即將爆炸的怒氣。只要稍微掙脫控制，我很有可能就會大吼要莉莉雅滾出去，或是宣布自己要離開。

還有一部分原因，是我在結婚前就想過保羅如果說謊就要對他死心。

在發生這件事之前，我幾乎忘了這念頭，但實際上似乎還沒根絕。

我的心情已經被逼上絕路，到了準備要接受一家離散的地步。

然而，這種心情卻因為魯迪而整個消散。

他擺出像是幼兒的態度，試圖圓滿收拾場面。

雖然他的做法並不是很妥當。
就算聽了魯迪的說法，我也無法原諒保羅。
不過，從他的言論與表情中，我看出了藏在背後的真心。
「對於家族關係即將崩壞感到不安」。
察覺到這點的瞬間，我才知道。
原來這孩子也用著他自己的方式珍惜著這一家人。
一產生這想法，先前認為他可能對家人欠缺愛情的疑心立刻消失。
同時也覺得怎麼能讓孩子感到不安，於是怒氣一口氣消退。
所以我輕易地原諒了保羅和莉莉雅。
要是沒有魯迪，事態應該不會這樣演變。

「嗯～小諾倫好可愛喔～將來一定會變成跟媽媽一樣的美女喔～到時候要一起洗澡喔～」
魯迪正握著諾倫的小手哄著她。
平時總是一臉認真表情的魯迪，居然為了哄妹妹而用了和嬰兒沒兩樣的說話方式，這模樣實在是──
（太可靠了……）
我從以前就覺得魯迪很了不起，最近甚至感到他非常可靠。

諾倫跟愛夏出生時真的是亂成一團。

兩個女兒就算在夜裡依然毫不客氣地放聲大哭，餵母奶後會吐，洗澡時還會在熱水裡直接大便。

雖然莉莉雅說這樣才叫理所當然，這樣才叫普通，但我連晚上都睡不好，整個人都累壞了。

這時魯迪出現，幫忙做了很多事情，彷彿在表示可以包在他身上。

他的手法看起來很熟練。

就像是以前也曾經做過。

他不可能還記得自己當初受人照顧的狀況，我想應該是參考並學習莉莉雅的動作。

該說不愧是魯迪嗎？

雖然小孩比起父母還擅長哄嬰兒這點讓人有點尷尬，不過實際上真是幫了大忙。

我沒聽說過有其他小孩能像魯迪這麼可靠，會幫忙照顧剛出生的妹妹。

看著魯迪，會讓我回想起應該還待在米里斯神聖國的親哥哥。他跟魯迪一樣認真勤奮，也擁有才能，被父親稱讚是貴族的典範，然而他對家人卻很冷淡，把妹妹視為空氣。

雖然我認為他是個傑出的貴族，不過並沒有把他當成兄長尊敬。

只是，魯迪不會變成那樣吧。

他想必會成為一個受到妹妹尊敬的好哥哥。

實際上，他本人似乎也是如此打算，還在和保羅肩並肩看著諾倫跟愛夏時，宣布自己的目標是「成為被妹妹尊敬的帥氣哥哥」。

不知道魯迪跟諾倫她們將來會變成什麼模樣？我從現在就非常期待。

「啊！哇啊！」

當我正在思考這些事情時，諾倫開始大聲哭鬧。

魯迪的身體一震，立刻朝著諾倫吐出舌頭扮著鬼臉。

「哇！哇！」

然而諾倫依然哭個不停。

魯迪先摸摸尿布確認有沒有溼，又把諾倫抱起來，還檢查背後是不是起了會發癢的疹子，但諾倫還是一直哭。

如果是我一定會慌了手腳，大聲叫喚莉莉雅來幫忙。而且在喊完之後才會想起莉莉雅外出採買，說不定已經陷入恐慌。

不過魯迪並沒有慌。

他一一確認可能原因，最後以手敲了一下掌心，轉向我開口：

「母親大人，現在似乎是餵奶的時間。」

在他提醒下我看了看時間，原來已經到這時候了。

每次旁觀魯迪和妹妹們一起玩耍，時間總是過得很快。

「好的好的。」

「請坐在這邊。」

我按照魯迪的指示在椅子上就坐。

接著掀開胸前的衣服，抱起大哭大叫的諾倫。

她似乎正如魯迪預料是肚子餓了，立刻含住乳頭開始喝奶，還露出似乎很滿足的表情。

像這種時候，胸中就會湧上自己確實成了母親的強烈實感。

「……嗯？」

這時，我突然注意到魯迪的視線。

每次我餵奶時，魯迪總會盯著我的胸前。

而且那眼神帶著深深的渴求和情欲，不該來自七歲的小孩。

如果保羅也在場，就會發現兩人不愧是父子，眼神一模一樣，讓人忍不住莞爾。不過才這個年齡就表現出這種態度，會讓人對魯迪的將來有點不安。擔心他會不會像保羅那樣對很多女孩子出手，害她們哭泣呢。

「怎麼了，魯迪？你也想要嗎？」

「咦！」

我半開玩笑地這樣問道，魯迪猛然一驚，趕緊移開視線。

然後才紅著臉，像是找藉口般地說道：

「才沒有，我只是覺得諾倫真會喝才一直看。」

「嘻嘻。」

這個可愛的態度讓我忍不住笑了出來。

「不行喔，這是屬於諾倫的。魯迪你在更小的時候已經喝了很多，要乖乖忍耐。」

「……我當然知道，母親大人。」

即使嘴上說著當然知道，但魯迪卻露出有點遺憾的表情。

這樣的魯迪很少見，讓我產生一股特別強烈的憐愛感。

再多鬧鬧他吧。

「嗯～如果魯迪無論如何都想要的話，等你哪天娶到老婆時，或許可以拜託對方喔。」

「是，到時我會試著開口。」

哎呀？我還以為他會氣沖沖地反駁呢，結果他卻露出已經看開的表情隨口帶過。

是發現我在鬧他嗎？

雖然有點無趣，不過也可以說很符合魯迪的個性。

「……不可以強迫對方喔。」

「我知道。」

看到這種老成的反應，果然還是會讓人有點寂寞。

「嗝。」

我讓喝完奶的諾倫打了個嗝，把她放回搖籃裡。

接著拿布擦拭沾著口水的乳頭時，魯迪又看得目不轉睛。

嗯……看這模樣，將來成為這孩子老婆的女孩會很辛苦呢。

目前的可能候補是希露菲，但是那孩子有對魯迪言聽計從的傾向，即使不情願，恐怕也無法強硬拒絕……

好。

萬一真有那一天，身為母親——

我必須狠狠斥責魯迪才行。

保羅大概只會教他怎麼把女孩子追到手，所以我得教他接下來的事情。

「唔……」

吃飽的諾倫露出滿足表情，很快開始打瞌睡。

看來睡覺時間到了。

「要好好吃，好好睡，健康長大喔。」

我摸著諾倫的頭對她這樣說，這時……

「啊！嗚！」

愛夏開始發出音量還算比較克制的哭鬧聲。

魯迪立刻把視線從我的胸部上移開，轉向愛夏。

「好～怎麼啦～愛夏？是背後癢癢嗎～？」

就像是剛剛照顧諾倫那樣，魯迪抱起愛夏，先檢查尿布，並確認她有沒有起疹子或是被蚊蟲咬了……

最後，依然抱著愛夏的他帶著困擾表情望向我。

難得看到魯迪露出這樣的表情。

能看到他各式各樣的表情雖然令人開心，不過我不是很想看到他憂愁的模樣。

「怎麼了？」

「那個，母親大人。今天莉莉雅小姐怎麼這麼晚還沒回來……」

「說起來的確是這樣。」

平時外出採買時，這個時間應該已經到家了。

會不會是出了什麼事？

……啊，我記得今天有來自要塞都市羅亞的商隊。所以莉莉雅說過今天預定要採買比平時更多的東西，或許是因為這樣才稍微耽擱了吧。

「那個，關於愛夏……」

「嗯。」

「她好像也肚子餓了。」

「這樣啊。」

仔細一想，因為之前諾倫和愛夏是在同一時間喝過奶，所以也會同時感到肚子餓了吧。

平時都是我餵諾倫，莉莉雅餵愛夏，各自負責……

這時我注意到魯迪的困擾表情。

他保持那樣的表情，戰戰兢兢地開口。

而且還小心挑選著用詞。

「那個……母親大人。不知道莉莉雅小姐什麼時候才會到家，所以……雖然讓愛夏再忍耐一陣子也不是不行，可是如果她繼續哭下去的話，諾倫大概也會跟著哭，呃……」

我是虔誠的米里斯教徒。

因此，對於破壞一夫一妻戒律的保羅和莉莉雅，內心還有不滿。我知道他們不是米里斯教徒，可是依然有點厭惡自己的信念被迫扭曲。

魯迪大概敏感地察覺到這一點。

所以他會擔心……

會不會因為自己講錯一句話而讓母親不高興？

會不會因此對另一個妹妹做出過分的舉動？

對魯迪來說，包括諾倫和愛夏，還有我都是他的家人。

而且……既然事已至此，我也該那樣想。

可是，真的沒關係嗎？

如果我去餵愛夏，會不會產生不快的心情呢？

而且，要是魯迪看到那樣的我，會不會心生反感或是輕蔑呢？

「真是的，魯迪你在說什麼？好了，快把愛夏抱給我。」

就像是要消除自己的不安，我盡可能以最溫柔的語氣對魯迪說道。

「是。」

魯迪以戰戰兢兢的態度把愛夏交給我。

我抱起愛夏，露出另一邊的乳房讓她吸奶。

要是愛夏在這時候抵抗，我大概也會不高興吧。不過她卻是毫不客氣地吸住我的乳頭，開始大口大口喝奶。

「……呼……」

我以魯迪聽不見的音量安心地吐了口氣。

心中湧上的感覺，和餵諾倫母乳時一模一樣。

也就是身為母親的實際感受。

真不可思議。

為什麼我會對餵愛夏這件事排斥成那樣呢？

為什麼我會認為自己給愛夏餵奶時會感到不快呢？

為什麼我會覺得自己必須忍耐呢？

其實答案很簡單，我自己也很清楚。

因為我是母親。

結果，沒有任何不一樣。無論是不是米里斯教徒。

「看她喝得很開心呢。」

「呃……因為母親大人的母乳很好喝呀。」

「這種奉承話就不必了喔。」

魯迪看到喝著奶的愛夏露出似乎很好喝的樣子，還有我並沒有表現出厭惡的態度，自己也換上鬆了一口氣的表情。

他是認為保護妹妹也是哥哥的職責吧。

真是了不起的想法。

說要成為「受妹妹尊敬的哥哥」的決心想來不是謊言。

不過呢，認為我有可能傷害愛夏這點倒是讓人遺憾。

「不是奉承，因為我還記得味道。」

「真的嗎？」

我嘻嘻笑著，伸手摸了摸愛夏的腦袋。

過了一會，大概是已經飽了，愛夏放開了乳頭。

接著她也和諾倫一樣開始打起瞌睡，所以我把她放回搖籃。

魯迪用比平時更溫柔的眼神看著我們兩人。

「魯迪。」
「是？有什麼事情嗎？」
「我可以摸摸你嗎？」
「……沒有必要徵求我的同意，您想摸的時候就摸吧。」
魯迪慢慢地在我身邊坐下，把頭伸了過來。
我輕輕摸著他的頭。
魯迪是我第一個小孩，而且又不太需要照顧，所以在養大他的過程中，我沒有什麼身為母親的實感，不過最近不一樣。
我打心底感覺到自己的確是這孩子的母親。
「……」
這時我突然感覺到一股熱氣，於是看向來源。
原來是春天的晴朗陽光從窗口照了進來。
窗外是一望無際的金色麥田。
平穩的春日午後。
我感覺很平靜，也很滿足。
總覺得非常幸福。
「真希望這樣的時間能一直持續下去。」

「是啊。」

魯迪點頭同意我的發言。

他是不是也覺得這個環境很舒服呢？

不過，我之所以能感到幸福，一定是因為有魯迪在。

要不是有他在，身為虔誠米里斯教徒的我一旦成為兩名妻子之一，或許會哀嘆自己的不幸並帶著諾倫離家遠去，也有可能苛待愛夏和莉莉雅。

所以有他在真的是太好了。

因為如果他不是這麼聰明伶俐的孩子，我想必無法體會到現在的心情。

「魯迪。」

「什麼？」

「謝謝你成為我的孩子。」

魯迪露出因為吃了一驚而不知所措的表情。

接著他搔了搔腦袋，似乎很難為情地說道：

「我才該感謝您。」

看到魯迪如此可愛的舉動，我忍不住又輕聲笑了。

無職轉生

到了異世界就拿出真本事

髮型：初次見面時
雖然也沒什麼變……
會用兜帽來蓋住頭髮
燒傷痕跡

髮型：稍微變長後
人物設定草案
希露菲葉特

②
笑容
3歳
5歳
6歳

左眼下有淚痔
7歲
人物設定草案
魯迪烏斯

沒穿長袍
權杖

穿長袍
人物設定草案
洛琪希

塞妮絲：後方髮型

莉莉雅：後方髮型
人物設定草案
塞妮絲&莉莉雅

基列奴：劍

保羅：劍
人物設定草案
保羅&基列奴

國家圖書館出版品預行編目資料

無職轉生：到了異世界就拿出真本事 / 理不尽な孫の手作；羅尉揚譯. -- 初版. -- 臺北市：臺灣角川, 2015.02-
冊； 公分
譯自：無職転生：異世界行ったら本気だす
ISBN 978-986-366-374-4(第1冊： 平裝)

861.57 103027594

Kadokawa
Fantastic
Novels

無職轉生～到了異世界就拿出真本事～ 1

（原著名：無職転生～異世界行ったら本気だす～ 1）

2015年8月6日 初版第1刷發行
2023年10月16日 初版第11刷發行

作　者：理不尽な孫の手
插　畫：シロタカ
譯　者：羅尉揚

發行人：岩崎剛人
總編輯：蔡佩芬
副總編輯：朱哲成
設計指導：陳晞叡
印　務：李明修（主任）、張加恩（主任）、張凱棋
發行所：台灣角川股份有限公司
地　址：104台北市中山區松江路223號3樓
電　話：（02）2515-3000
傳　真：（02）2515-0033
網　址：www.kadokawa.com.tw
劃撥帳戶：台灣角川股份有限公司
劃撥帳號：19487412
法律顧問：有澤法律事務所
製　版：巨茂科技印刷有限公司
ISBN：978-986-366-374-4